Goldmann Science Fiction

SCIENCE FICTION STORIES

John Varley

Voraussichten

THE PERSISTENCE OF VISION

Deutsche Erstveröffentlichung

Wilhelm Goldmann Verlag

Herausgegeben
von Dr. Herbert W. Franke

Made in Germany · 5/81 · 1. Auflage · 119

Originally published in the U.S.A. by The Dial Press / James O. Wade, Inc., 1978, under the title THE PERSISTENCE OF VISION.

Die letzte Geschichte dieses Bandes war bereits abgedruckt in »Die Trägheit des Auges. Magazine of Fantasy and Science Fiction 53«, herausgegeben von Manfred Kluge (Heyne Verlag, München, 1979, Nr. 3659)
Umschlagentwurf: Atelier Adolf & Angelika Bachmann, München
Umschlagillustration: Jürgen F. Rogner, München
Gesamtherstellung: Mohndruck Graphische Betriebe GmbH, Gütersloh
Verlagsnummer 23381
Lektorat: Peter Wilfert · Herstellung: Peter Papenbrok
ISBN 3-442-23381-X

Inhalt

Einführung

Es gibt natürlich alle Arten von Science Fiction. Manche davon entfernen sich von Wissenschaft oder Technologie so weit, daß es in letzter Zeit nützlich geworden ist, den Ausdruck ›SF› zu gebrauchen, weil vieles von dem, was Science Fiction-Leser schätzen, weit richtiger ›speculative fiction‹ oder ›science fantasy‹ hieße (also etwa ›spekulative Literatur‹ und ›Fantasy mit wissenschaftlichen Elementen‹). Angesichts der wachsenden Bedeutung sowohl der schlichten Abenteuergeschichte, die in irgendeiner frei erfundenen, primitiven Gesellschaft spielt, wie auch der ›Story‹, deren Hauptstärke nicht das Erzählerische, sondern eine unkonventionelle Prosatechnik ist, steht ›SF‹ manchmal auch für ›somehow it fits‹ (›irgendwie paßt es schon‹).

Daran ist nichts richtig oder falsch. Was allein zählt, ist, ob der Leser annimmt und genießt, was er vorfindet. Das ist dann eine Folge davon, ob der Autor Talent hat, und nicht, ob er irgendeiner bestimmten Ideenrichtung anhängt.

Trotzdem bleibt die klassische Science Fiction-Geschichte der Kern der SF. Erzählt wird darin von Menschen, die in einer Welt leben, deren Technologie auf logische Weise dem glaubhaftesten wissenschaftlichen Denken unserer eigenen Zeit entspringt. Weil es sich um eine ›Geschichte‹ handelt — eine glaubhafte Folge interessanter Begebenheiten, die zu einer befriedigenden Auflösung führen —, dreht sie sich um die Probleme und Konflikte deutlich umrissener Persönlichkeiten, mit denen der Leser sich identifizieren kann. Weil es eine SF-Geschichte ist, müssen diese Probleme und Konflikte sich aus irgendeinem Aspekt der neuen Gesellschaft ergeben, in der diese Persönlichkeiten leben.

Eine solche Geschichte zu schreiben, ist nicht leicht. Richtig gemacht, übt sie aber eine ungewöhnliche Wirkung aus. Der Autor muß vertraut sein mit dem, was in der vordersten Linie der aktuellen Wissenschaft gerade geschieht. Aus seinem Wissen darüber, was in den heutigen Laboratorien stattfindet oder was maßgebliche Denker nahelegen, muß er durch weiterführende Überlegungen ein Fundament schaffen. Er versetzt sich in die Lage eines Mannes, der 1890 weiß, daß es ein bis dahin nahezu nutzloses Petroleumdestillat namens Benzin gibt, dessen Gasdruck von solcher Art ist, daß man damit beherrschbare Explosionen erzeugen kann, und daß einige Leute mit dem Gedanken spielen, Motoren zu bauen, die diese Energie nutzen könnten.

Daraus muß der SF-Schriftsteller auf die Entwicklung leichter und wirtschaftlicher Energiequellen schließen, die einen dichten Treibstoff mit hohem Energiegehalt nutzen und den Bedarf an riesigen Dampfkesseln und großen Kohlenhaufen beseitigen, die man zusammen mit dem Fahrzeug herumschleppen muß. Er muß ziemlich klar sehen können, wie das Spielzeug eines reichen Mannes sich zum Ford ›Model T‹ entwickelt, wie aus Landstraßen ein interkontinentales Autostraßennetz wird, daß sich Marktstädte in Reichweite von Pferdefuhrwerken erübrigen, daß die Welt verstädtert, die Städte ins schier Unendliche wachsen, die sozialen Klassenunterschiede seiner eigenen Zeit sich wandeln, daß die Luft verpestet wird und schließlich eine verzweifelte Suche nach immer mehr Benzin begleitet wird von einer vergleichbaren Suche nach anderen Energiequellen, die den Erhalt der Benzingesellschaft sichern könnten, wenn das Benzin einmal alle ist.

Ein SF-Schriftsteller von heute mit den gleichen geistigen Fähigkeiten würde natürlich die Gesellschaft des 21. Jahrhunderts sehen können, die sich daraus einmal ergeben wird, weil er Verstand genug besitzt, um zu erkennen, daß, wenn ein kaum bekanntes Erdölprodukt eine Welt erschaffen kann, sein Fehlen unweigerlich eine andere hervorbringen wird, in der das Vorhandensein anderer Technologien ebenso weitreichende Auswirkungen haben wird.

Er braucht natürlich nicht so genau recht zu haben, daß er Markennamen, die Adressen bestimmter Gebrauchtwagenhändler oder den Namen des großen Staatsmannes nennen kann, der auf dem Rücksitz eines Horch-Achtzylinders gezeugt wurde. Die Menschen und Orte, die er nennt, müssen sich aber glaubhaft aus der Wissenschaft und Gesellschaft seiner Zeit ergeben. Sie müssen erkennbare Menschen bleiben, fähig zu Freude und Leid, Stolz und Schuldbewußtsein, Begeisterung und Depression, Liebe und Tod. Es sind die Dinge, die diese Bedingungen hervorrufen — das Gerüst, mit dem Geist und Körper des Menschen sich verflechten —, die er mit solchem Geschick schaffen muß, daß, selbst wenn es sie in Wahrheit nicht gibt, es sie doch sehr wohl hätte geben können . . . und in irgendeiner Parallelwelt vielleicht wirklich gibt.

Das sind beinahe übermenschliche Zwänge. Der Verfasser historischer Romane steht nur vor der mühseligen Aufgabe, in Bibliotheken und Museen herumzustöbern. Der Verfasser zeitgenössischer Romane kämpft nur mit den Schwierigkeiten, die darin bestehen, sich umzusehen und darüber zu sprechen, ohne vom eigenen Lachen oder Weinen übermannt zu werden. Die Schöpfer von Welten, die *sein könnten,* vermögen keine andere Autorität zu zitieren als sich selbst, können nicht auf eine wirkliche Begebenheit verweisen und sie zum Modell für ihre Kunst erklären.

Unvermeidlicherweise sind die meisten Schriftsteller, die sich dieser Aufgabe überhaupt stellen wollen, solche, die sich auf irgendeine individuelle Stärke stützen und alles tun, um Schwächen zu verbergen. Die meisten von ihnen sind vorher als Wissenschaftler oder Techniker ausgebildet und bringen sich das Schreiben bei, so gut es geht. Sie neigen dazu, vom Gerüst fasziniert zu sein und die Figuren hineinzuskizzieren, so, wie eine Architekturzeichnung in allen Einzelheiten sorgfältig eine Büroetage darstellt und eine gesichtslose menschliche Figur hineinstellt, um die Größenverhältnisse wiederzugeben.

Die meisten Schriftsteller sind von dieser Art. Nicht alle, aber die Verallgemeinerung ist berechtigt.

Andere, geschickt darin, Menschen darzustellen, aus dem einen oder anderen Grund aber dazu getrieben, auch technologische Utopien zu versuchen, skizzieren Hintergründe ohne Tiefe und beschreiben Gesellschaften ohne glaubhaftes Fundament. Ein großer Teil ihrer Arbeiten, sofern er nicht aus eben diesen Gründen lächerlich ist, läßt sich am besten als Satire lesen. Oft führt sie das zur gegebenen Zeit mit ihrer Begabung genau dorthin, und zwar bewußt, oft mit ausgezeichneten Ergebnissen, aber aus der Science Fiction heraus in einen anderen Zweig von SF.

Aber nicht alle solche Schriftsteller. Manche, ob sie von der technologischen Ausbildung her kommen oder sich von der entgegengesetzten Seite her nähern, bevölkern ›echte‹

Welten mit echten Hauptfiguren, die wirklich darin leben müssen und die dadurch, daß sie es tun, uns über uns selbst etwas verraten, das Gültigkeit hat, das anrührt, manchmal sehr schön ist und uns auf eine andere Weise nicht verfügbar wäre. Wir sind in einer vorübergehenden Wirklichkeit von Zeit und Situation gefangen. Der gute — der hervorragende — Verfasser von Science Fiction befreit uns von diesen Zwängen.

So kommen wir direkt zu John Varley.

Als Verfasser eines vor einiger Zeit veröffentlichten Romans ›The Ophiuchi Hotline‹ ist Varley in der SF unverkennbar ein aufgehender Stern ... vor allem in der Science Fiction. Seit Ende 1974, als er zu publizieren begann, hat er außerdem eine Reihe beachtenswerter kürzerer Arbeiten veröffentlicht, von denen hier viele gesammelt sind. Ihre besondere Vortrefflichkeit spricht für sie selbst, und ich wünsche dem Leser viel Vergnügen. Es hat keinen Wert, sie zu erklären oder sich auf Einzelheiten über die Umstände einzulassen, unter denen sie geschrieben wurden, oder vermitteln zu wollen, was der Autor jeweils davon hält. Der Wert einer Geschichte zeigt sich bei der Lektüre, und Varley empfindet das auch so. Es ist Mode geworden, Geschichtensammlungen einzelner Autoren als Anlaß für autobiographische Abhandlungen und kleine Monographien *über* Geschichten zu nehmen. Eine Geschichte, über die man Wörter verlieren muß, ist aber eine Geschichte, die nicht selbst alle für sie richtigen Wörter enthält. Die Auseinandersetzung findet letztlich zwischen dem Leser und der Geschichte statt, und nicht mit dem Autor, der, wenn alles gut ist, seine Arbeit getan hat und sich als Persönlichkeit nicht mehr einzumischen braucht.

Mit zu den einnehmendsten Dingen an Varley als Person gehört, daß er auch so empfindet. Er ist ein junger Mann, der Physik und Englisch studiert hat, der die Fähigkeit besitzt, das derzeitige Denken in vielen wissenschaftlichen Fächern zu verstehen und weiterzuführen, der mit der Sprache gut umgehen kann und ein Haus in Oregon hat, wo er mit Anet Mconel und ihren drei Kindern lebt. Er verlangt nicht, daß man ihn als Menschen mag, obwohl das vermutlich so wäre, und möchte nicht in das Haus des Lesers kommen und Anekdoten über sich erzählen dürfen. Er legt Geschichten vor,

A11 und in diese Geschichten legt er vermutlich hinein, was er ist und denkt. Braucht es da wirklich noch etwas anderes?

Ein auffallender Punkt an diesen Geschichten ist der, daß sich der Leser nach der Lektüre vermutlich wohl fühlen wird. Die Menschen darin lösen ihre Probleme, auch wenn sie noch so groß sind, beschäftigen sich in der Zwischenzeit damit, sie zu lösen, und mit dem Leben selbst. Das spiegelt gewiß Varley selbst wider. Aber was noch wichtiger ist — es spiegelt einen deutlichen Wandel in der SF seit dem Jahrzehnt wider, das ungefähr 1975 zu Ende ging, und das ist etwas, womit wir uns vielleicht kurze Zeit nutzbringend befassen können.

In den vierziger Jahren ging die Science Fiction, getrieben vom technologischen Optimismus des großen Herausgebers John W. Campbell und seinen bekanntesten Autoren, davon aus, daß, wenn ein Mensch sich nur genug Mühe gab, wenn er der Aufgabe sowohl seine technische Ausbildung wie rasche geistige und körperliche Reflexe widmete, *natürlich* alle Hindernisse vor ihm fallen mußten. Als Grundsatz gesehen, ist daran zwar nichts falsch, und im Sinne dramatischen Erzählens läßt sich ebenfalls nicht viel dagegen einwenden. Aber als einzige Nahrung fängt das an, auf die Dauer eintönig zu werden. Zumal es gegen Ende von Campbells beherrschendem Einfluß auch von Schriftstellern mit geringerem Können als Formel angewendet wurde.

Um 1950 setzte mit dem Erscheinen von starken Konkurrenten um die Gunst des ernsthaften SF-Publikums eine Gegenwelle ein. Eine Anzahl guter Schriftsteller begann sich in ausgezeichneten Geschichten mit Situationen zu befassen, die durch Technologie nicht zu bewältigen waren, und mit Hauptfiguren, die nicht mit Prädikatsexamen von technischen Hochschulen kamen. Anfang der sechziger Jahre mit ihren Anfängen sozialen Aufruhrs war daraus eine Vorliebe für Gesellschaftssatire geworden, zum Teil voll Düsterkeit, was die Möglichkeiten der Technologie anging, und ab etwa 1965 hatte diese Strömung häufig das Ausmaß offenen Zorns ebenso erreicht, wie es zu einer entschlossenen Zurückweisung der Mittelstandsideale und technologischen Ambitionen gekommen war, die noch zu Campbells Grundhaltung gehört hatten. Zur selben Zeit hatte eine jugendliche Abneigung gegen die stets schlicht erzählte, einfache Geschichte eine ›neue Welle‹ von Schriftstellern hervorgebracht, die andere Erzähltechniken ausprobierten, manchmal mit gutem Ergebnis. Ihre Mißerfolge, von Natur aus freilich viel auffälliger, waren gewiß nicht häufiger als die Mißerfolge der einfachen, von Nichtskönnern schlecht erzählten Geschichte.

Zwischen 1965 und 1975 — auch hier nur annähernd gemeint; und ganz ungenau — wurde diese allgemeine Strömung von echter gesellschaftlicher Unzufriedenheit mitgetragen. Ungefähr zu Beginn dieser Zeit verriet sie soviel Empörung wie die Demonstranten auf den Straßen. Man ging davon aus, daß die Welt zur Hölle fahre, daß alles Althergekommene zumindest verdächtig sei und daß ein Wandel zum Guten, falls er überhaupt bevorstehe, lange Zeit auf sich warten lassen werde.

Zum Teil bestehen diese Empfindungen noch, so wie während des ganzen Aufruhrs manche SF-Schriftsteller weiterhin die Möglichkeiten von Science Fiction im Gegensatz zu den neuerdings bevorzugten Formen der SF erforschten. In den Künsten gibt es keine deutlich abgegrenzten kleinen Fächer. Aus alledem hat, wie ich meine, SF nur gewonnen — wir brauchen Brian Aldiss, Thomas Disch und Ed Bryant, um nur drei zu nennen, so sehr, wie wir Isaac Asimov, Arthur C. Clarke und Frank Herbert brauchen, um drei weitere gern gelesene Verfasser von manchmal hochwertiger Prosa und ebensolchen Geschichten anzuführen. Und wenn in diesem Jahrzehnt jemand aufgefordert worden wäre, ganz kurz die weltanschauliche Natur von SF zu definieren, hätte die Antwort wohl ›vorsichtig‹ gelautet.

Aber inzwischen scheint sich Neues anzubahnen. Die Suche nach gesellschaftlichem Wandel ist weniger explosiv geworden und wurzelt tiefer in gründlichem Denken. Technologische Exzesse werden erkannt, und man bringt ihre manchmal gefährliche Heftigkeit zur Sprache. Es besteht aber nicht mehr ein so starkes Gefühl, daß die Technologie und die Technologen einen Wandel zum Besseren nicht herbeiführen könnten. Die Ungerechtigkeiten der sozialen Schichtung sind immer noch vorhanden und werden mit angemessenem Abscheu beschrieben, aber man befaßt sich mit ihnen, statt sie zu ignorieren oder für unlösbar zu halten. In der SF-Gemeinschaft selbst entsteht die klare Erkenntnis, daß den Frauen ein gleichberechtigter, kein besonderer Platz, zusteht, und eine wachsende Zahl von guten Schriftstellern ist auf diesem Gebiet in Erscheinung getreten, die farbig oder weiblich oder beides sind, die ihre Stimme und ihre Ansichten mitgebracht haben. Diese Neuorientierung wird in die gesamte SF eingebracht, so daß sie jedem zur Verfügung steht, der sie kennt und auf diesem Gebiet arbeitet, wie Varleys Geschichten belegen.

Mit anderen Worten, es beginnt noch eine neue SF zu entstehen; lebendig, von Belang, vielseitiger denn je. Ein Teil davon leiht sich von der alten Science Fiction nicht nur eine Achtung vor der Wissenschaft (als dem praktischsten Instrument des Menschen, das Universum zu verstehen), sondern sieht die Technologie als ein Werkzeug, um dieses Verständnis in den Händen von Menschen mit einem Mindestmaß an Reife und weitreichendem Gewissen praktisch anzuwenden. Und noch etwas anderes wird übernommen — die Erkenntnis, daß nicht alle Menschen unweigerlich hilflose Opfer sind, daß vielmehr in jedem von uns etwas lebendig ist, das auf Beispiele positiven Handelns anspricht. Wenn dieses Etwas anspricht, könnte es dann nicht auch eine Kraft darstellen, die wir selbst und für uns selbst nutzen können, wenn wir nicht darauf beharren würden, sein Vorhandensein in uns zu bestreiten?

Man wird, wie es sich gehört, Spuren der gesamten SF-Vergangenheit in Varleys Arbeiten finden. Der Mann entspringt unübersehbar allem, was in diesem Bereich vor ihm gewesen ist. Er wendet sich nicht an uns, weil SF derzeit Mode ist, sondern weil er ein SF-Wesen ist. Man hat auf diesem Gebiet, gleichgültig, welche Erscheinungsform es gerade zeigte, die Menschheit stets im Rahmen unserer Zukunft betrachtet und viel über uns selbst ausgesagt, weil stets davon ausgegangen wurde, daß das Heute flüchtig und nur ein Aspekt von Morgen sei. Ob hoffnungsvoll oder düster, man ist fraglos immer von der verblüffenden Annahme ausgegangen, daß das Morgen anders sei und das Heute deshalb nicht immer nur so, wie es sich darstellt. Man hat nicht davor zurückgescheut hinzublicken. Man hat, wenn man so kühn sein darf, *Voraussichten* gewagt.

ALGIS BUDRYS

Liebesfahrt zum Schwarzen Loch

(THE BLACK HOLE PASSES)

Jordan sah vom Log der Sendungen dieses Tages auf und stellte verärgert fest, daß Trimonisha mit den Beinen halb in der Computerkonsole steckte. Er konnte nicht sagen, warum ihn das so störte, aber es war so. Er ging zu ihr und gab ihr einen Tritt ins Gesicht, um sie auf sich aufmerksam zu machen. Sein Fuß ging durch sie hindurch, als sei sie nicht da, was zutraf. Er wartete, ungeduldig mit dem Fuß wippend, bis sie es bemerkte.

Zwanzig Sekunden später zuckte sie und machte ein Schafsgesicht.

»Du hast geblinzelt«, rief Jordan jubelnd. »Du hast geblinzelt. Du bist mir schon wieder fünf Dollar schuldig.« Wieder wartete er, obwohl er sich dessen kaum bewußt war. Nach einem Jahr auf der Station hatte er einen Punkt erreicht, wo sein Gehirn die Nacheilung von zwanzig Sekunden einfach unberücksichtigt ließ. Angesichts des strapaziösen Lebens auf der Station bestand geringe Gefahr, daß ihm irgend etwas entgehen würde.

»Na gut, dann hab' ich eben geblinzelt. Ich hab' das Spiel langsam satt. Außerdem tust du nichts anderes, als deine alten Schulden abzubauen. Du schuldest mir jetzt . . . nicht mehr vierhundertsechzig, sondern nur noch vierhundertfünfundfünfzig Dollar.«

»Es hat dir sehr gut gefallen, solange du *gewonnen* hast«, betonte er. »Wie hättest du sonst bei meinen Reflexen zu soviel Geld kommen können?«

(Wartezeit) »Ich glaube, unter dem Strich zeigt sich, wer die schnelleren Reflexe hat. Aber ich hab' dir schon vor einer Woche erklärt, daß ich nicht gestört werden will, wenn ich lese.« Sie schwenkte ihr Fakdruck-Buch, den Daumen an der Stelle, wo sie unterbrochen worden war.

»Ach, hör dir das an. Mir erklären, was dir nicht paßt, während du dich in meinem ganzen Computer ausbreitest. Du *weißt,* wie mich das die Wände hochtreibt.«

(Wartezeit) Sie blickte auf die Stelle hinunter, wo ihr Körper in der Computerwand verschwand, aber statt sich zu entschuldigen, brauste sie auf.

»Na, und was ist dann schon? Einen solchen Unsinn hab' ich noch nie gehört — die ganze Zeit um Kreidestriche am Boden herumlaufen, damit ich nicht mit deiner kostbaren Einrichtung verschmelze. Wer hat je einen solchen —« Sie erkannte, daß sie sich wiederholte. Wütende Schmähreden beherrschte sie nicht so gut, hatte aber in den vergangenen Wochen Gelegenheit zur Übung bekommen. Sie löste sich aus dem Computer und blieb stehen, um Jordan böse anzufunkeln — oder die Stelle, wo Jordan zuletzt gewesen war.

Jordan hatte sich auf seinem Boden rasch umgesehen und eine mit schwarzem Klebeband abgegrenzte Stelle ausgesucht. Er ging darauf zu, trat über die Linie und wartete mit verschränkten Armen und kampflustig finsterer Miene.

»Was sagt man denn dazu?« fauchte er. »Ich habe bei dir peinlich genau darauf geachtet, allem auszuweichen. Kreidestriche! Wenn du Klebeband hernehmen würdest wie ich, dann könnte es nicht vorkommen, daß du sie dauernd mit deinem fetten Hintern abwischst.« Aber sie hatte zu lachen angefangen, als ihr Blick ihm gefolgt war, und konnte sich bald nicht mehr beherrschen. Sie krümmte sich und drohte umzukippen, so heftig lachte sie. Er blickte auf den Boden und versuchte sich ins Gedächtnis zu rufen, was diese Streifen bei ihr abgrenzten. War das die Stelle, wo sich ihre Toilette befand?

Er sprach hastig aus der unsichtbaren Toilette und blies sich zu einer vernichtenden Erwiderung auf, aber sie hatte aufgehört zu lachen. Die Bemerkung über ihren fetten Hintern hatte sie erreicht, und ihre Antwort war mit Lichtgeschwindigkeit zurückgekrochen.

Während er ihr zuhörte, sah er ein, daß alles, was er sagen konnte, überflüssig sein würde; sie war schon so wütend, wie sie es überhaupt werden konnte. Er ging zum Hologerät und drückte auf eine Taste. Die Projektion, mit der er gesprochen hatte, schnellte in den Tank zurück und wurde zu einer zehn Zentimeter hohen, zornigen Figur, die mit den Armen fuchtelte.

Er sah die winzige Gestalt zu ihrem eigenen Gerät gehen und auf eine Taste boxen. Der Tank erlosch. Kurz bevor sie verschwand, stellte er noch befriedigt fest, daß sie im Buch die Stelle verloren hatte, wo sie gewesen war.

Dann bereute er in einem der heftigen Stimmungsumschwünge, die ihn in letzter Zeit zu Tode erschreckten, was er getan hatte, zutiefst. Seine Hände zitterten, als er auf den Rufknopf drückte, und er spürte, wie ihm auf der Stirn der Schweiß ausbrach. Aber sie war nicht auf Empfang.

»Großartig. Eine Nachbarin auf eine halbe Milliarde Kilometer, und ich breche einen Streit mit ihr vom Zaun.«

Er stand auf und begann seine rituelle Suche nach einer Methode, sich umzubringen, die nicht so grauenhaft blutig war, daß ihm dabei schlecht wurde. Wieder einmal kam er zu dem Schluß, daß es so etwas in der Station nicht gab.

»Warum haben sie an so etwas nicht gedacht?« wütete er. »Keine Drogen, kein Giftgas, nichts. Das verdammte Belüftungssystem hat so viele gottverdammte Sicherheitseinrichtungen, daß ich den CO_2-Gehalt hier nicht erhöhen könnte, selbst wenn es um mein Leben ginge. Und darum *geht* es. Wenn ich keine schmerzlose Methode finde, mich umzubringen, treibt mich das zum Selbstmord.«

Er verstummte, nicht nur, weil er das letzte Gefasel wiederholt hatte, sondern auch, weil er sich nie behaglich fühlte, wenn er sich Selbstgespräche führen hörte. Das klang zu sehr nach einem Menschen, der im Begriff stand, wahnsinnig zu werden.

»Und das *bin* ich!«

Es tat ein wenig wohler, es laut zugegeben zu haben. Es klang sehr vernünftig. Er klammerte sich an das Gefühl und förderte es, bis es natürlich zu wirken begann. Nachdem er einige Minuten lang tief eingeatmet hatte, verspürte er etwas, das annähernd an innere Ruhe heranreichte. Ruhig drückte er noch einmal den Rufknopf, um festzustellen, daß Trimonisha immer noch nicht zu sprechen war. Ruhig sammelte er Speichel im Mund und spie den unschuldigen Holotank an, wo die Spucke auf eklige Weise herunterrann. Er grinste. Später konnte er sich entschuldigen, aber im Augenblick schien das der richtige Weg zu sein, um zornig zu bleiben.

Er ging zurück zum Arbeitstisch und setzte sich vor den Computerauszug der drei Milliarden Bits, die in den vergangenen vierundzwanzig Stunden über die Standleitung gekommen waren. Hier verdiente er sich sein Gehalt. Zusätzlichen Antrieb lieferte die Erkenntnis, daß Trimonisha noch nicht damit begonnen hatte, sich die Meinungen *ihres* Computers für diesen Tag anzusehen. Vielleicht konnte er sie wieder ausstechen.

Jordan Moon war Stationsagent für die Sternanschluß GmbH., einer der beiden Großfirmen auf dem Gebiet des interstellaren Fernmeldewesens. Wenn man das Mithören bei einem Sammelanschluß Fernmeldewesen nennen kann.

Er lebte und arbeitete in einer Station, die in eine langsame Kreisbahn dreizehn Milliarden Kilometer von der Sonne entfernt gebracht worden war. Eine einsame Gegend; sie besaß den einzigen Vorzug, genau im Mittelpunkt des Kreises größter Signalstärke der Ophiuchi-Direktverbindung zu liegen.

Praktisch alles, was man jemals mit Sicherheit über die Ophiuchiten gewußt hatte, war die Tatsache, daß sie irgendwo in ihrem Planetensystem 70 Ophiuchi einen unfaßbar großen Laser installiert hatten. Abgesehen von ihm, den sie nicht gut verstecken konnten, waren sie eine außerordentlich verschwiegene Rasse. Sie gaben von sich selbst nie etwas freiwillig preis, und die menschliche Zivilisation war zu knauserig, um zu fragen. Warum einen Riesenlaser bauen, erklärten die Firmen, als man den Vorschlag machte, wenn der ganze herrliche Informationsfluß kostenlos durch den Weltraum strömt?

Jordan Moon hatte das stets für eine überaus gute Frage gehalten, aber er drehte sie um: Warum machten die Ophiuchiten sich die Mühe, einen Riesenlaser zu bauen? Was hatten sie davon? Niemand hatte auch nur die geringste Ahnung, nicht einmal Jordan, der sich für eine Autorität auf allen Gebieten hielt.

Weit gefehlt war das nicht, und darin bestand sein Wert für die Firma.

Es war noch keinem gelungen, ein Urheberrecht vor Gericht im Hinblick auf Information über die Direktleitung durchzusetzen. Die vorherrschende Meinung war die, daß es sich um eine natürliche Hilfsquelle, um eine Erscheinung wie das Vakuum handelte, derer sich jeder bedienen durfte, falls er die Kosten für eine Raumstation in der Kometenzone aufbringen konnte. Die Kosten waren ungeheuer groß, die erzielbaren Gewinne dafür von astronomischer Höhe. Es gab fünfzehn Gesellschaften, die sich um Anteile drängten, von den Riesen wie ›Sternanschluß‹ und ›HotLine GmbH.‹ bis zu mehreren Privatleuten, die SL-Jäger dafür bezahlten, mitzuhören, wenn sie im Nahbereich waren.

Das Übertragungsvolumen war jedoch so groß, daß Aufsichtsratsvorsitzende ins Weinen gerieten und Magengeschwüre bekamen. Und die fremden Wesen bestanden mit, wie die Firma meinte, flegelhafter Rücksichtslosigkeit darauf, das wertvolle Material mit Quintillionen Bits Kauderwelsch zu vermischen, bei dem es sich um Lyrik oder auch um Pornographie, um Rezepte oder Bilder oder um weiß-Gott-was handeln konnte, jedenfalls um etwas, das die Computer nie hatten enträtseln können. Manche waren sogar übergeschnappt. Das entscheidende Problem war, daß neunundneunzig Prozent dessen, was die fremden Wesen über die Leitung zu senden für wert hielten, den Menschen unbrauchbares Zeug war. Aber dieses eine Prozent...

...die Symbio-Raumanzüge, die es einer menschlichen Zivilisation ermöglicht hatten, die Saturnringe zu bewohnen — ohne sichtbares Gerät für Lebenserhaltung, Ernährung, Atmung und gegenseitige Bewässerung in einer geschlossenen Ökologie von der Art einer Gänseblümchenkette.

...die Schwerkraft-Teilerstarrung, die es erlaubte, Schwarze Quantenlöcher aufzufinden, zu verfolgen und einzufangen, um sie Männchen machen und Kunststücke vorführen zu lassen, etwa indem sie einen Raumantrieb mit Energie versorgten.

...Makromolekül-Manipulation, ohne welche die Menschen nach einer Lebensdauer von nur zweihundert Jahren sterben mußten.

...das Null-Feld und all das, was es ermöglicht hatte.

Das waren die großen, greifbaren Dinge, die das Leben der Menschen auf drastische Weise verändert, aber niemandem riesige Vermögen eingetragen hatten, einfach deshalb, weil sie so groß waren, daß sie wegen ihrer allgemeinen Anwendbarkeit rasch die ganze Kultur durchdrangen. Das große Geld war mit kleineren, patentierbaren Dingen zu verdienen, etwa mit Schaltkreisen, mechanischen Geräten, mit Chemie und Spielen.

Es war Jordans Aufgabe, die wenigen Goldkörner aus dem Meer von Klatsch, oder was es sonst sein mochte, herauszusieben, das sich jeden Tag durch die Leitung ergoß. Und das vor Trimonisha und seinen anderen Konkurrenten zu tun. Wenn möglich, Dinge zu finden, die Trimonisha völlig entgingen. Unterstützt wurde er von einem Computer, der unermüdlich sortierte und verglich und die deutlicher erkennbare Spreu aussonderte, bevor er eine lange Liste von Dingen ausdruckte, die nach seiner Meinung von Interesse sein konnten.

Jordan prüfte diesen Ausdruck jeden Tag, suchte Einzelheiten heraus und dachte über sie nach. Er hatte viel nachzudenken, und vieles, womit er das tun konnte. Er war ein enzyklopädischer Synthetiker, ein Mann mit Unmengen wichtiger und nebensächlicherer Teile und Bruchstücke menschlichen Wissens und dem Talent, sie zusammenzulegen und sich anzusehen, wie das zu dem neuen Material aus der Leitung passen mochte. Wenn er etwas Brauchbares sah, heizte er seinen großen Laser an und feuerte eine Eilnachricht direkt zum Pluto ab. Alles andere — einschließlich der Dinge, die der Computer als Unsinn ausgeschieden hatte, weil man nie wußte, was die Großhirne auf Luna bei der zweiten oder dritten Durchsicht noch herausfinden mochten — zeichnete er auf einem Chip von Fliegendreckgröße auf, steckte ihn in einen winzigen Sender und schoß diesen als Paketpost mit einer fünfstufigen, G-starken Nachrichtenrakete ab. Er brauchte nicht annähernd so gut zu zielen wie die Ophiuchiten; ein paar Monate später würde die Nutzlast an Pluto vorbeizischen und in den zwei Minuten, während sie sich im Empfangsbereich der großen Antennenschüssel befand, ihren Inhalt ausspucken.

»Wenn sie nur ein *bißchen* besser gezielt hätten«, murrte er, als er den Ausdruck zum viertenmal überflog. Er wußte, daß das Unsinn war, aber er hatte Lust zu schimpfen.

Der Durchmesser des Laserstrahls betrug, bis er Sol erreichte, eine halbe Milliarde Kilometer. Die Mitte des Strahls umfaßte die doppelte Entfernung zwischen Pluto und Sonne, was von 70 Ophiuchi aus auf zwanzig Bogensekunden hinauslief. Aber warum damit auf die Sonne zielen? Dort lauschte keiner. Wohin hatte sich ein Nachrichtenstrahl logischerweise zu richten?

Jordan war der Ansicht, daß die Ophiuchiten besser zielen konnten, als der Chef der Firma ihnen das zutraute. Hier draußen gab es kaum ein Rauschen, das die Übertragung stören konnte. Wenn sie den Strahl durch den Teil des Sonnensystems gelenkt hätten, wo am ehesten Planeten zu finden sind — wo man sie *alle* findet —, hätte die Dichte ausgestoßener Solargase den Empfang praktisch unmöglich gemacht. Außerdem war Jordan der Meinung, daß für auf ihren Planeten festsitzende Bewohner nichts von den Informationen von großem Nutzen gewesen wäre. Erst als die Menschheit die Mittel entwickelt hatte, die Kometenzone zu erreichen, um festzustellen, daß die Mitteilungen dorthin geschickt wurden, statt zur Erde, wo man sie eigentlich zu finden immer erwartet hatte, war sie in der Lage, die Informationen zu nutzen.

»Sie wußten wirklich, was sie taten«, murmelte er, aber der Gedanke ging unter, als ihm mitten auf der zweiten Seite etwas auffiel. Jordan wußte nie *genau*, was er in den Auszügen wirklich zu Gesicht bekam. Vielleicht eine bessere Methode, Zyankali-Eintopf zu kochen, oder Rat für liebeskranke Ophiuchiten. Aber er wurde aufmerksam, wenn etwas von Belang für seine eigene Art sein konnte. Er war tüchtig auf seinem Gebiet. Er betrachtete die dort abgedruckten Symbole und entschied, daß sie für einen Zweig der Gen-Technik von Nutzen sein mochten.

Zehn Minuten später hatte der Computer die Laseranlage eingepeilt, und er programmierte die Information ein. Die Beleuchtung trübte sich, als die Batterien einen hohen Prozentsatz ihrer Energie für drei abgesetzte Stöße im Abstand von jeweils fünf Sekunden aufwenden mußten. Jordan gähnte und kratzte sich. Er hielt sich gut — damit blieben nur einundzwanzig Stunden, bevor es wieder irgend etwas gab, das er tun mußte.

Ah, die Freizeit.

Er ging wieder zum Holotank und drückte unter beträchtlichem Zagen auf den Rufknopf. Er hatte Angst vor dem, was er tun mochte, wenn sich Trimonisha diesmal wieder nicht meldete.

»Du hast kein Recht gehabt, so etwas zu sagen«, beschuldigte sie ihn, als sie im Tank auftauchte.

»Das ist völlig richtig«, sagte er schnell. »Es war ungehörig und unwahr. Tri, ich schnappe über, ich bin nicht mehr ich selber. Das war eine kindische Beleidigung, und du weißt, daß es überhaupt nicht stimmt.«

Sie entschied, daß das als Entschuldigung genügte. Sie berührte die Projektionstaste und erschien bei ihm in der Station. So schön, so lebendig, und so imaginär, daß er am liebsten wieder geweint hätte. Jordan und Trimonisha waren das behindertste Liebespaar im ganzen System. Sie waren einander leiblich nie begegnet, hatten aber ein Jahr gemeinsam als Holoprojektionen verbracht.

Jordan kannte jeden Quadratzentimeter von Trimonishas Körper, jede Pore, jedes Härchen. Wenn sie unerträglich lüstern wurden, legten sie sich nebeneinander auf den Boden und sahen sich an. Sie zogen sich voreinander aus und ließen sich bei jedem Kleidungsstück Stunden Zeit. Sie entwickelten die optische und akustische Sexualphantasie zu einem solchen Höhepunkt, daß das ihre ganz eigene Sprache wurde. Sie saßen Zentimeter voneinander entfernt und führten ihre Hände nah aneinander heran, stets darauf bedacht, sich nie zu berühren, was die Illusion zerstört hätte. Sie sprachen miteinander, erzählten sich, was sie tun würden, wenn sie einmal körperlich zusammentrafen, dann lehnten sie sich zurück und masturbierten bis zur Bewußtlosigkeit.

»Weißt du«, sagte Trimonisha, »du bist für den Job überhaupt nicht geeignet. Du siehst beschissen aus, weißt du das? Ich mache mir Sorgen um dich, diese Isolierung ist . . . sie ist einfach nicht gut für dich.«

»Sie macht mich wahnsinnig, ja?« Er sah ihr zu, als sie zu einer der mit Klebeband bezeichneten Stellen auf seinem Boden ging und sich setzte; als sie den Stuhl in ihrem Zimmer berührte, übernahm der Holoprojektor, und er entstand blitzartig in seiner Welt. Sie trug eine rote Papierbluse, hatte aber die Hose weggelassen, als Rüge, dachte er, und als Erinnerung daran, wie grundlos seine Stichelei gewesen war. Sie hob dreimal den linken Zeigefinger. Das war das Signal für ein Spiel, ›Captain Future und die Schwarze Witwe‹, das zu seinen Lieblingsspielen gehörte. Sie hatten die Handzeichen vereinbart, als sie es satt hatten, sich zu fragen: »Willst du ›Antonius und Kleopatra‹ spielen?« — eines *ihrer* Lieblingsspiele.

Er wedelte mit der Hand, um über seine ersten Zeilen hinwegzugehen. Er hatte keine Geduld mehr mit den Spielen und Hirngespinsten. Er hatte mit nichts mehr Geduld. Außerdem trug sie ihr Kostüm für die Schwarze Witwe nicht.

»Ich glaube, du irrst dich«, sagte er. »Ich glaube, ich war genau der richtige Mann für den Job. Weißt du, was ich getan habe, nachdem du abgeschaltet hattest? Ich habe nach einer Methode gesucht, mich umzubringen.«

Diesmal nahm er die Pause wahr. Sie saß auf ihrem Stuhl, den Mund ein wenig geöffnet, die Augen blicklos, und machte ein Gesicht, als wolle sie plötzlich zu sabbern anfangen. Früher einmal waren sie beide von dem Prozeß fasziniert gewesen, durch den ihre Gehirne die Arbeit einstellten, während die Nacheilung ablief, die ein so fester Bestandteil ihres Lebens war. Er hatte sie gehänselt, weil sie so dumm aussähe, während sie darauf wartete, daß seine Worte sie erreichten. Dann hatte er sich bei einer der Nacheilungen selbst einmal ertappt und begriffen, daß auch er ein schwachsinnig Glotzender war. Danach sprachen sie nicht mehr darüber.

Sie zuckte und wurde wieder lebendig, wie ein Android, den man eben eingeschaltet hatte.

»Jordan! Warum hast du das getan?« Sie war in einem Reflex der Tröstung halb aufgesprungen und unterdrückte die Aufwallung, bevor sie den furchtbaren Fehler beging, ihn berühren zu wollen.

»Der springende Punkt ist, ich habe es nicht getan. Versuch das einmal. Ich habe neun Dutzend Methoden gefunden, mich umzubringen. Es ist nicht schwer, das siehst du sicher ein. Aber man hat mich haargenau richtig kalkuliert, weißt du. Sie wissen aufs I-Tüpfelchen, wozu ich fähig bin und was ich niemals fertigbringe. Wenn ich mich schmerzlos töten könnte, hätte ich das schon vor drei Monaten gemacht, als ich das erstemal auf die Suche ging. Aber die schmerzloseste Weise, die ich mir ausgedacht habe, besteht immer noch in explosivem Druckabfall. Dazu habe ich nicht den Mumm.»

»Aber du hast doch sicher daran gedacht . . . ah, laß nur.«

»Du meinst, dir ist eine Methode eingefallen?« Er wußte nicht, was er denken sollte. Er war sich seit langem darüber im klaren, daß sie eine bessere Synthetikerin war als er ein Synthetiker; die Produktionsziffern und mehrere aufgebrachte Mitteilungen der Zentrale hatten das bewiesen. Sie konnte nichts und nichts zusammentun und zu Antworten gelangen, die ihn verblüfften. Und mehr noch, ihre Lösungen waren auch praktikabel. Sie übermittelte mit ihrem Laser selten etwas, das nicht Früchte trug, und entdeckte oft Dinge, die er übersehen hatte.

»Vielleicht«, sagte sie ausweichend, »aber selbst wenn es so wäre, glaubst du doch nicht, daß ich es dir nach dem, was du eben gesagt hast, verrate. Jordan, ich will nicht, daß du dich umbringst. Das ist nicht fair. Nicht, bis wir zusammenkommen können und du versuchst, deinen ganzen Prahlereien gerecht zu werden. Danach, nun, vielleicht wirst du dich dann umbringen *müssen.*«

Er lächelte darüber und war dankbar dafür, daß sie es auf die lockere Art nahm. Er ließ sich wirklich hinreißen, wenn er ihr die Freuden schilderte, die sie genießen würde, sobald sie einander wirklich begegneten.

»Gib mir doch einen Hinweis«, drängte er. »Es muß mit dem Lebenssystem zusammenhängen, nicht? Liegt doch nahe, wenn man die Medi-Maschinen wegläßt, die niemand, wirklich niemand dazu bringen könnte, eine Dosis Zyankali zu spenden. Mal sehen, vielleicht sollte ich mich mit dem Lufteinlaß näher befassen. Ist doch wohl klar, daß ich den CO_2-Gehalt hier stark steigern könnte, wenn ich nur —«

»Nein!« fuhr sie auf, bevor sie sich anhörte, was er sonst zu sagen hatte. »Keine Andeutungen. Ich kenne keinen Weg. Die Techniker, die diese Stationen gebaut haben, sind zu schlau gewesen und wußten, daß einige von uns Depressionen bekommen und sich umzubringen versuchen werden. Es gibt keine Eingriffe, die sie nicht schon vorausgesehen und abgebogen haben. Du mußt es schon aushalten.«

»Noch sechs Monate«, stöhnte er. »Was macht das in Sekunden?«

»Zwanzig weniger als eben, als du die Frage gestellt hast. Ist das nicht schnell gegangen?«

So betrachtet, mußte er ihr rechtgeben. Er durchlebte keine subjektive Zeit zwischen Frage und Antwort. Wenn er nur Tage und Wochen so leicht hätte überspringen können wie Sekunden.

»Hör mal, Schatz, ich will alles tun, was ich kann, um dir zu helfen. Im Ernst, würde es etwas nützen, wenn ich mir mehr Mühe gäbe, mich aus deiner Einrichtung fernzuhalten?«

Er seufzte, weil ihn das eigentlich schon nicht mehr interessierte. Aber immerhin war das eine Beschäftigung.

»Also gut.«

Sie taten sich zusammen, und sie legte sorgfältig Klebestreifen auf ihren Boden, um die Lage von Gegenständen in seinem Raum zu bezeichnen. Er half ihr dabei, weil sie von der Station außer ihm nichts sehen konnte. Als sie fertig waren, wies sie darauf hin, sie könne nicht in ihren Schlafraum gelangen, ohne durch seinen Hilfszölostaten zu gehen. Er sagte, das mache nichts, solange sie allem anderen ausweiche.

Hinterher war er nicht weniger bedrückt als zuvor. Sie auf Händen und Knien umherkriechen zu sehen, machte seine Sehnsucht nur noch qualvoller. Sie war so schön, und er war so einsam. Die Art, wie ihr Haar in langen, aschblonden Lokken über die gerafften Ärmel fiel, wie ihre Zehen sich einbogen, wenn sie niederkniete, um einen Klebstreifen abzurollen, das elastische Straffen und Erschlaffen der Sehnen ihrer Beine — alle die zahllosen winzigen Einzelheiten, die er so gut und doch gar nicht kannte. Der Drang, die Arme auszustrecken und sie zu berühren, war überwältigend.

»Was möchtest du heute tun?« fragte sie, als sie mit dem Kleben fertig war.

»Ich weiß nicht. Alles, was ich *nicht* tun kann.«

»Möchtest du, daß ich dir eine Geschichte erzähle?«

»Nein.«

»Möchtest du *mir* eine Geschichte erzählen?« Sie schlug nervös die Beine übereinander. Sie wußte nicht, wie sie mit ihm umgehen sollte, wenn er in diese abweisende Stimmung verfiel.

Trimonisha war nicht den Schrecknissen der Einsamkeit ausgesetzt, die Jordan zermarterten. Sie kam allein ganz gut aus, abgesehen von den manchmal schier unerträglichen sexuellen Trieben. Aber Selbstbefriedigung gab ihr mehr als Jordan. Sie rechnete nicht mit Problemen während der sechs Monate, bis sie beide abgelöst und zum Pluto zurückgeholt wurden. Die Lage hatte für sie sogar eine angenehme Seite: das atemlose Gefühl der Vorfreude auf den Augenblick, in dem sie einander endlich in die Arme sinken würden.

Jordan verstand es ganz und gar nicht, seine Wünsche aufzuschieben. Diese Bedürfnisse waren zu seiner Überraschung nicht einmal in erster Linie sexuelle. Er sehnte sich danach, von Menschen umgeben zu sein. Ellenbogen an Ellenbogen in einer dichtgedrängten Menge, den Geruch der Menschen zu spüren, geschoben, ja, sogar gestoßen zu werden. Notfalls sogar eins auf die Nase zu bekommen. Aber von einem anderen menschlichen Wesen *berührt* zu werden. Es brauchte nicht einmal Trimonisha zu sein, obwohl sie für ihn die erste Wahl war. Er liebte sie, auch wenn er sie anbrüllte, weil sie in so aufreizender Weise unkörperlich war.

»Also gut, ich erzähl' dir eine Geschichte.« Er verstummte und versuchte sich an eine zu erinnern, die in irgendeiner Weise originell war. Es ging nicht, und so kam er zurück auf ›Die weiteren Abenteuer der Erforscher des rosaroten Planeten‹. Dazu mußte Trimonisha sich ganz ausziehen und auf dem Rücken am Boden liegen. Er setzte sich ganz nah zu ihr und ließ die drei Abenteurer auftreten.

Kapitän Rock Rogers, Leiter der Expedition, er, der die Gruppe furchtlos über klaffende Risse und um tief in die tückische Oberfläche des rosaroten Planeten reichende Poren herumgeführt hatte. Der Eroberer des Librust-Berges, der Mann, der als erster die Flagge der Vereinigten Planeten auf den schwarzen Gipfel dieser gefährlich unbeständigen Erhebung gepflanzt hatte, und der die Erstürmung des legendären Rebrust-Berges plante, wo der wilde Stamm der Mördermikroben lebte. Warum?

»Weil es ihn gibt«, ergänzte Trimonisha.

»Wer erzählt hier die Geschichte?«

Doktor Maryjane Peters, die ganz allein den Hautpolarisator erfunden hatte, der dafür sorgte, daß bei der gefahrvollen Expedition der Drei in den Schamwald die radioaktiven, mutierten Riesen-Krabbenläuse in der Haut versanken.

»Ich glaube immer noch, daß du das mit den Krabbenläusen erfunden hast.«

»Ich geb's nur wieder, was ich seh'. Halt den Mund, Kind.«

Und Trog, halb Mensch, halb Schimmelpilz, der seine barbarischen Fähigkeiten dazu benutzt hatte, Jo-Jo, den menschenfressenden Floh, zu zähmen, in Wirklichkeit insgeheim aber ein Spion für die Arkturische Horde war und die Expedition und die Hoffnungen der gesamten Menschheit zu Fall bringen wollte.

In dem Augenblick, als wir zu den Abenteurern zurückkehren, erklärt Maryjane Rock gerade, daß sie von ihrem

Stützpunkt, den ersten kargen Schößlingen des wirren Schamwaldes aus, wieder nach Süden vorstoßen muß, sonst sei ihr Schicksal besiegelt.

»Wie das, meine Liebe?« fragt Rock jungenhaft.

»Weil unten am Boden der Großen Schlucht, mein Liebling, die einzigen Ablagerungen des seltenen Moschusit auf dem ganzen Planeten liegen, und ich brauche etwas davon, um den durchgebrannten Entstinker im Hyperantrieb zu reparieren, sonst wird das Schiff niemals . . .«

Inzwischen ließ in der Wirklichkeit Trimonisha ihr Linkes Nördliches Vorgebirge nach Süden und leichthin durch die Große Schlucht gleiten, was in der dortigen Fauna und Flora gewaltigen Aufruhr erregte.

»Erdbeben!« krächzt Trog und stürzt winselnd zurück an den sicheren Ort im großen Krater, mitten in der Ebene des Bauches.

»Streng genommen, nein«, betont Maryjane und packt einen schwankenden Baum, um sich festzuhalten. »Man könnte das eher ein Trimonisha-Be—«

»Trimonisha. Mußt du das machen, wenn ich gerade mitten in der Geschichte bin? Da kommt die ganze Handlung durcheinander.«

Sie zog die Hand zurück und versuchte zu lächeln. Sie war bereit, ihm nachzugeben, mitzuhelfen, daß er wieder zu sich kam, aber das war doch viel verlangt. Wozu dienten die Geschichten, sagte sie sich, wenn nicht dazu, sie lüstern zu machen und ihr Gelegenheit zu geben, sich abzureagieren?

»Also gut, Jordan. Ich warte.«

Er blickte stumm auf sie hinab. Eine Träne zitterte an seiner Nasenspitze, hing kurze Zeit dort und fiel auf ihren Bauch hinunter. Natürlich wurde sie nicht naß davon. Der Träne folgte eine zweite und eine dritte, und sie war immer noch nicht naß. Er spürte, wie seine Schultern zu zucken begannen. Er fiel nach vorn auf die weiche, einladende Oberfläche ihres Körpers und hieb sich den Kopf hart am Deck an. Er preßte die Augen fest zusammen, um sie nicht sehen zu können, und weinte lautlos.

Nach einigen hilflosen Minuten stand Trimonisha auf und ließ ihn allein, damit er sich in Ruhe erholen konnte.

*

Im Lauf der nächsten fünf Tage rief Trimonisha mehrmals an. Jedesmal erklärte ihr Jordan, er wolle allein sein. Das entsprach nicht ganz der Wahrheit; er wünschte sich Gesellschaft dringender, als er das sagen konnte, aber er mußte es mit der Isolierung versuchen, um zu sehen, was sie ihm antat. Er betrachtete das als Zerstörungsprobe — ein guter Grundsatz in der Technik, aber fragwürdig, wenn es um das geistige Gleichgewicht ging. Alle anderen Möglichkeiten waren jedoch erschöpft.

Er rief sogar den Humanoiden an, seinen einzigen anderen Nachbarn in Funkreichweite. Er und Trimonisha hatten ihm diesen Namen gegeben, weil er so sehr wie ein schlecht konstruierter Roboter aussah und sich bewegte. Der Humanoid war der Vertreter von Lasercom. Niemand kannte seinen Namen, wenn er überhaupt einen hatte. Als Jordan vorbeikommende SL-Jäger, also Leute, die nach Schwarzen Löchern suchten, befragt hatte, hieß es, er sei schon seit über zwanzig Jahren dort und lehne jede Ablösung ab.

Es war nicht so, daß der Humanoid unfreundlich gewesen war; er war eigentlich in kaum einer Beziehung etwas. Wenn Jordan ihn anrief, meldete er sich sofort und sagte nichts. Von sich aus unternahm er nie etwas. Er pflegte Fragen mit ›Ja‹ oder ›Nein‹ oder ›Weiß nicht‹ zu beantworten. Wenn die Antwort einen ganzen Satz erforderte, sagte er gar nichts.

Jordan starrte ihn an und gab seinen Plan, sich für den Rest seines Aufenthalts in der Station zu isolieren, auf.

»So bin ich in sechs Monaten«, sagte er, unterbrach die Verbindung, ohne sich zu verabschieden, und rief Trimonisha an.

»Nimmst du mich wieder?« fragte er.

»Am liebsten würde ich dich bei den Ohren packen und schütteln, bis du halbwegs vernünftig wirst. Schau.« Sie zeigte auf die Stelle, wo er stand. »Ich bin deinen Klebstreifen fünf Tage lang ausgewichen, obwohl ich mich durch ein Labyrinth schlängeln muß, wenn ich irgendwohin will. Ich befürchtete, du würdest mich rufen, ich käme plötzlich mitten in deinem Computer heraus und würde dich zu Tode erschrecken.«

Er wirkte beschämt; er *war* beschämt. Warum spielte das eine Rolle?

»Vieleicht ist es gar nicht so wichtig.«

Sie legte sich auf den Boden.

»Ich will unbedingt hören, wie die Geschichte ausgeht«, sagte sie. »Willst du jetzt fertig erzählen?«

Also holte er Rock Rogers und Maryjane heraus, schickte sie ins Gebüsch und tat, um das Ganze ein wenig zu beleben, Jo-Jo und seine wilde Gefährtin Gi-Gi hinzu.

Zwei Wochen lang kämpfte Jordan gegen seinen Wahn an. Er befaßte sich mit den Computerzusammenfassungen, zwang sich dazu, doppelt so lange daran zu arbeiten, als es seine Gewohnheit war. Das bestätigte nur eines: Wenn er in drei Stunden etwas nicht sah, würde er es überhaupt nicht sehen.

Interessanterweise wurden die Computerausdrucke mit der Zeit kürzer. Seine Leistung ließ nach, als er immer weniger zu studieren hatte. Der Zentrale paßte das nicht, und sie empfahl, er möge an den Antennen arbeiten, um festzustellen, ob durch irgend etwas die Empfangsqualität beeinträchtigt sei. Er versuchte es, war aber nicht verwundert, als sich nichts änderte.

Trimonisha war es auch aufgefallen, und sie hatte eine Computeranalyse durchgeführt.

»Das Signal wird durch irgend etwas gestört«, teilte sie ihm mit, nachdem sie die Ergebnisse studiert hatte. »Es ist so schlimm geworden, daß die eingebaute Redundanz nicht mehr ausreicht. Zu vieles kommt bruchstückhaft durch, und der Computer wird damit nicht fertig.«

Sie bezog sich auf die Tatsache, daß alles, was über die Direktleitung kam, zwischen zehn- und dreißigmal wiederholt wurde. Nur wenig kam in seiner Gesamtheit durch, aber wenn der Computer die Wiederholungen addierte und die Lücken ausfüllte, konnte er in neunzig Prozent der Fälle eine vollständige Botschaft zusammenstellen. Dieser Durchschnitt war im vergangenen Monat auf fünfzig Prozent gesunken, und die Kurve wies immer noch abwärts.

»Staubwolke?« meinte Jordan.

»Ich glaube nicht, daß die so schnell zur Stelle wäre. Die Kurve wäre viel flacher, in einem Maßstab von Hunderten von Jahren, bevor uns ein Rückgang wirklich auffiele.«

»Dann etwas anderes.« Er dachte darüber nach. »Wenn es nicht etwas Großes ist, wie eine Staubwolke, die das Signal abschirmt, dann entweder ein Leistungsabfall des Senders oder irgend etwas, das die Trägerwelle verzerrt. Hast du irgendeine Vorstellung?«

»Ja, aber es spricht nicht viel dafür. Deshalb denke ich lieber noch länger darüber nach.«

Sie verärgerte ihn manchmal mit ihrer Weigerung, ihn an solchen Überlegungen zu beteiligen, aber es war ihr Recht, und er bohrte nicht nach.

Drei Tage später verlor Trimonisha plötzlich eine Dimension. Sie saß mitten in seinem Stationsraum, als ihr Bild platt wurde wie ein Bogen Papier, senkrecht zum Boden. Er sah sie vom Rand her und mußte aufstehen und um das Flachbild herumgehen, um es wirklich zu sehen.

»Ich würde das ›Akt, auf einem Stuhl sitzend‹ nennen«, sagte er. »Tri, du bist aus Karton ausgeschnitten.«

Sie sah argwöhnisch zu ihm auf, in der Hoffnung, das sei nicht die Eröffnungsrede zu einem weiteren Ringen mit der Einsamkeit.

»Möchtest du das erklären?«

»Gern. Mein Empfänger muß defekt sein. Dein Bild ist nur noch zweidimensional. Würdest du mal aufstehen?«

Sie grinste und stand auf. Sie drehte sich langsam, und die Ebene blieb immer in derselben Richtung, aber nun waren andere Teile von ihr platt. Er entschied, daß ihm das nicht gefiel, und holte sein Werkzeug.

Zwei Stunden Überprüfung der Schaltkreise verrieten ihm gar nichts. Dem Empfänger schien nichts zu fehlen, und als sie ihren Sender überprüfte, kam sie zum gleichen Ergebnis. Mitten während der Prüfung teilte sie mit, daß auch sein Bild flach geworden sei.

»Da draußen scheint wirklich etwas die Signale zu verzerren«, sagte sie. »Ich glaube, ich schalte jetzt ab. Ich möchte etwas überprüfen.« Und damit unterbrach sie die Sendung.

Diese Plötzlichkeit gefiel ihm nicht, und er war entschlossen, bei der Aufklärung, woran es fehlte, nicht ins Hintertreffen zu geraten. Sie konnte nur nach der Ursache der Störung suchen, was hieß, daß sie einigermaßen genau wußte, wonach sie zu suchen hatte.

Wenn sie das kann, kann ich es auch, dachte er. Er setzte sich hin und dachte angestrengt nach. Einige Minuten später rief er sie wieder an.

»Ein Schwarzes Loch«, sagte sie, als sie ankam. »Ich habe es gefunden, oder wenigstens ziemlich genau den Ort, wo es sein muß.«

»Das wollte ich sagen«, murmelte er. Aber er hatte es nicht gefunden. Er hatte sich nur überlegt, was es sein mußte. Das hatte sie schon vor drei Tagen gewußt.

»Es ist ziemlich massiv«, fuhr sie fort. »Die Schwerkraftwellen sind es, die unseren Empfang stören, und jetzt ist es so nah herangekommen, daß unsere Direktübertragungen auch beeinträchtigt werden. Ich dachte zuerst, ich könnte reich geworden sein, aber es sieht viel zu groß aus, als daß man damit fertigwerden könnte.«

Deshalb hatte sie vorher nichts erwähnt. Wenn sie es finden und anpeilen konnte, brauchte sie nur ein Raumschiff zu chartern, um später zurückzukommen und es zu holen. Schwarze Löcher waren unglaublich wertvoll, falls klein genug, um bewegt zu werden. Sie konnten auch unglaublich gefährlich sein.

»Wie groß denn?« fragte er.

»Das weiß ich noch nicht, nur, daß es zu groß ist, als daß man ihm nachjagen könnte. Ich . . .«

Ihr Bild, durch die Flachpressung schon surreal genug, flatterte wild und zerfiel. Er war abgeschnitten.

Er kaute die nächste Stunde an den Fingernägeln, und als die Rufglocke schrillte, tat er sich beinahe weh, als er an das Gerät stürzte. Sie erschien im Raum. Sie war wieder dreidimensional, trug einen Raumanzug und sah nicht gerade glücklich aus.

»Was ist denn passiert, Mensch? Das hast du doch nicht absichtlich gemacht, oder? Denn —«

»Hör auf.« Sie wirkte müde, als hätte sie anstrengende Arbeit hinter sich. »Die Krafteinflüsse. Ich kippte plötzlich zur Wand, und die ganze Station sauste im Kreis herum, *sssst!* Und schlagartig knarrte und ächzte alles wie in einem Gespensterhaus. Glocken tönten, Lichter . . . Ich war vor Angst *außer* mir.« Er sah, daß sie zitterte, und nun durchlitt er die Qualen, nicht aufstehen und sie trösten zu können.

Sie faßte sich wieder und sprach weiter.

»Es waren Gezeitenströme, Jordan, wie die, von denen

man liest, daß sie einen SL-Jäger demolieren können, wenn er nicht aufpaßt. Man darf nicht wagen, zu nah heranzukommen. Es hätte noch viel schlimmer sein können, aber selbst so gab es eine langsame Druckverminderung durch ein Leck, und ich habe es jetzt erst abdichten können. Ich werde noch eine Zeitlang im Raumanzug bleiben, weil alles völlig verbogen worden ist. Nicht so stark, daß man es sieht, aber stark genug. Gerissene Schweißnähte. Glas teilweise geplatzt. Alles Starre ist ein bißchen verbogen worden. Mein Laser ist zerbrochen, und ich nehme an, daß alle Präzisionsinstrumente aus dem Maß sind. Und meine Umlaufbahn ist verändert worden. Ich fliege ein bißchen mehr in deine Richtung, aber sonst führt mein Flug von der Sonne weg.«

»Wie schnell?«

»Nicht so schnell, daß ich in Gefahr wäre. Ich werde irgendwo in der Gegend sein, wenn sie mir ein Schiff nachschicken, das mich sucht. Ach ja. Du solltest so schnell wie möglich eine Nachricht abschicken und Pluto mitteilen, was passiert ist. Ich kann ja nicht selber, klar?«

Er tat es, mehr um sich selbst zu beruhigen, als deshalb, weil er glaubte, es sei dringend. Aber er irrte sich.

»Ich glaube, es wird nah an dir vorbeikommen. Mach dich lieber bereit.«

Jordan stand vor der einzigen Sichtluke in der Station und blickte auf die sich langsam drehenden Sterne hinaus. Er trug seinen Raumanzug, zum erstenmal seit seiner Ankunft hier. Er hatte ihn bisher einfach nicht gebraucht.

Der Horchposten von ›Sternanschluß‹ hatte die äußere Form einer Riesenhantel. An einem Ende befand sich der Fusionsreaktor, am anderen Jordans Unterkunft. Tausend Meter entfernt, relativ zur Station bewegungslos, schwebte die riesige Parabolspiegel-Antenne, die für die eigentliche Lauschtätigkeit zuständig war.

»Warum hat man diesen Stationen nicht irgendeine Form von Antrieb gegeben?«

Er sprach in sein Funkgerät. Trimonishas Hologerät war nun doch ausgefallen, und sie konnte es nicht mehr reparieren. Im Inneren gab es zu viele verkrümmte Schaltkreise, zu viele Widerstände waren beeinträchtigt worden, zu viele Mikrochips verbogen. Er begriff düster, daß er sie selbst dann bis zu ihrer Rettung nicht wiedersehen würde, wenn der Vorbeiflug des Schwarzen Lochs ihn unversehrt ließ.

»Zu teuer«, sagte sie geduldig. Sie wußte, daß er nur redete, um ruhigzubleiben, und war sich nicht zu gut, ihm eine beruhigende Zuhörerin zu sein, gewissermaßen als Arbeitsdrohne, als Schallwand. »Unter normalen Umständen besteht kein Bedarf, die Anlagen fortzubewegen, wenn sie einmal an ihrem Platz sind. Warum dann Masse für Schubmotoren vergeuden?«

»›Normale Umstände‹«, sagte er verächtlich. »An alles haben sie doch nicht gedacht, wie? Vielleicht hat es doch einen Weg gegeben, wie ich mich hätte umbringen können. Willst du mir sagen, wie, bevor ich sterbe?«

»Jordan«, sagte sie sanft, »denk doch nach. Ist es nicht eher unwahrscheinlich, daß ein Schwarzes Loch nah genug bei uns vorbeikommt, um eine Gefahr zu sein? Die Leute jagen jahrelang nach ihnen, ohne sie zu finden. Wer rechnet damit, daß die Löcher den Spieß umdrehen?«

»Du hast meine Frage nicht beantwortet.«

»Nach dem Durchgang, ich versprech' es dir. Und mach dir keine Sorgen. Du weißt, wie gering die Wahrscheinlichkeit war, daß es so nah an mir vorbeikam. Vertrau doch ein bißchen auf die statistische Wahrscheinlichkeit. Es wird in weitem Abstand an dir vorüberziehen.«

Aber das letzte hörte er nicht mehr. Der Boden begann langsam, in trägen, sich beschleunigenden Wellen zu vibrieren. Er hörte, sogar durch den Raumanzug, ein Geräusch, das ihn an einen Steinbrecher erinnerte, der sich durch massives Gestein frißt. Geisterfinger zerrten an ihm, versuchten ihn rückwärts zu der Stelle zu ziehen, wo das Schwarze Loch sein mußte, und die Sterne hinter der Sichtluke zuckten in Tanzrhythmen, wurden langsamer, kamen zum Stillstand, bewegten sich in die andere Richtung, schwankten auf und ab und begannen durcheinanderzuwirbeln.

Er hielt Ausschau nach etwas, woran er sich festhalten konnte, als die Luke vor ihm zu Staub zerfiel, und er mit ungeheurem Rauschen hinausgespuckt wurde, während alles in der Station, das nicht niet- und nagelfest war, durch dieses einen Meter breite Loch hinausfegen wollte. Er riß die Hände hoch, um seine Sehscheibe zu schützen, und schlug mit dem Hinterkopf hart an die Lukenkante, als er hinausbarst.

*

Die Sterne rotierten so schnell, daß ihm schwindlig wurde. Oder rotierten sie, *weil* ihm schwindlig war? Er öffnete vorsichtig die Augen, und sie kreisten immer noch.

Sein Kopf pochte, aber er konnte den Rhythmus des Hämmerns mit dem Schmerz nicht in Einklang bringen. Deshalb rotieren die Sterne wirklich, schloß er messerscharf. Weiter zur nächsten Frage. Wo *bin* ich?

Er wußte keine Antwort und wünschte sich, wieder in die tröstliche Schwärze zurückgleiten zu können. Schwärze. Schwarz.

Er erinnerte sich und bedauerte es sofort.

»Trimonisha«, stöhnte er. »Kannst du mich hören?«

Offenkundig konnte sie das nicht. Erste Aufgabe: Aufhören mit dem Rotieren, bevor mein Kopf abgeschraubt wird. Er betätigte vorsichtig die kaum vertrauten Steuerknöpfe seiner Anzugdüsen und gab versuchsweise Gasstöße ab, bis die Sterne langsamer wurden, langsam, und zum Stillstand kamen, abgesehen von einer Restabweichung, die kaum bemerkbar war.

»*Sehr* einsam hier draußen«, erklärte er. Da war, was die Sonne sein mußte. Hell genug, daß sie es sein mußte, aber er erkannte, daß sie sich an der falschen Stelle befand. Sie sollte eigentlich — nun, wo sein? Er fand sie, und sie war nicht annähernd so grell wie das Ding, das er vorher gesehen hatte.

»Das ist das Loch«, sagte er mit einem Anflug von ehrfürchtigem Staunen in der Stimme. Nur ein Ding konnte es veranlaßt haben, derart grell aufzuflammen.

Das Schwarze Loch, das sein Zuhause zerstört hatte, war ein sehr großes, ungefähr so massiv wie ein großer Asteroid. Aber trotz alledem war es viel kleiner, als seine Station es gewesen war. Um genau zu sein, nur ein winziger Bruchteil eines Zentimeters im Durchmesser. Aber an der ›Oberfläche‹ war die Schwerkraft zu groß, als daß man wagen durfte, darüber nachzudenken. Das Licht, das er sah, wurde hervorgerufen von verirrten Trümmern seiner Station, die vom Loch angesaugt worden waren und nun zu Neutronium zerfielen und noch weiter zerfallen würden. Er fragte sich, welchem Maß an Strahlung er ausgesetzt worden war. Bald wurde ihm klar, daß es darauf vermutlich nicht mehr ankam.

In seiner Nähe purzelten ein paar große Bruchstücke seiner Station, im Sternenlicht undeutlich sichtbar. Er erkannte eine der drei Meter langen Raketen, mit denen er den Tagesanfall zum Pluto geschickt hatte. Einen wilden Augenblick lang glaubte er, einen Ausweg aus seinem Dilemma zu sehen. Vielleicht konnte er die Rakete auf irgendeine Weise dazu benutzen, sich zu Trimonisha hinüberzubefördern. Dann fiel ihm ein, daß er in einem seiner einsameren Augenblicke das alles schon mit dem Computer durchgerechnet hatte. Die Raketen waren dafür gebaut, einen erbsengroßen Sender auf eine ungeheure Geschwindigkeit zu beschleunigen, und es gab keine Vorrichtung, um sie wieder abzubremsen, den Schub zu verändern oder sie ein- und wieder abzuschalten. Selbst wenn er es so einzurichten vermochte, daß sie ihn mitnahm, statt seinen Rücken zu durchbohren, reichte der Delta-Vektor, den er damit zu erzielen vermochte, gerade aus, daß er Trimonisha in ungefähr drei Wochen erreichen konnte. Und das war viel zu lang.

Er schwebte trotzdem darauf zu. Er hatte es satt, irgendwo im Weltraum herumzuhängen, eine Milliarde Kilometer von allem entfernt. Er wollte nah heran, um etwas zu haben, das er sich ansehen konnte.

Er stieß klirrend an und brachte die Rotation langsam zum Stillstand. Dann klammerte er sich an der Rakete fest wie ein verletzter Affe an einem Baumast.

Einen Tag später hing er immer noch daran, aber es war ihm ein besserer Vergleich eingefallen.

»Wie ein Schiffbrüchiger, der sich an einen Balken klammert«, sagte er lachend zu sich selbst. Nein, er war nicht sicher, ob ihm das besser gefiel. Wenn er die Rakete losließ und sich abstieß, würde ihm gar nichts passieren. Er würde nicht im salzigen Meer ertrinken oder auch nur am reinen Vakuum ersticken. Er war ganz dem Affen ähnlich: sehr verschreckt und nicht bereit, auf das Gefühl der Sicherheit zu verzichten, das ihm sein Ast bot.

». . . hier. Trimonisha an Jordan, bitte sofort melden, wenn du mich hören kannst, weil ich den Funk eingestellt habe auf . . .«

Er war zu verblüfft, um sofort antworten zu können, und die Stimme verklang. Dann brüllte er, bis er heiser war, aber es kam keine Antwort. Er überließ sich kurzzeitig der Verzweiflung.

Dann nahm er sich zusammen und überlegte mit dem Rest an Verstand, der ihm geblieben war, was sie wohl versuchte. Sie tastete den Weg der verstreuten Trümmerstücke mit einem gebündelten Funkstrahl ab, in der Hoffnung, er sei einer der Metallklumpen, die ihr das Radar zeigte. Wenn er sie das nächstemal hörte, mußte er wach sein und sofort schreien.

Stunden später versuchte er sich einzureden, es hätte sich nicht um eine Halluzination gehandelt.

»... mich, hörst, weil ...«

»Trimonisha!«

»— Ich habe den Funk auf Abtastung der Wrackteile deiner Station eingestellt, und wenn du dir Zeit läßt, höre ich dich nicht. Trimonisha ruft ...«

Wieder kam der Schwund, und er verstummte als Nervenwrack.

»Jordan, kannst du mich jetzt hören?« Die Stimme schwoll an und ab und verklang beinahe, aber sie war da. Sie schien mit der Hand zu zielen.

»Ich höre dich. Ich bin draufgekommen.«

»Worauf bist du gekommen?«

»Auf deine schmerzlose Methode, Selbstmord zu begehen. Aber du irrst dich. Es ist richtig, daß ich schließlich an CO_2-Vergiftung gestorben wäre, wenn ich im Raumanzug meine Station verlassen hätte, aber du irrst dich, wenn du gedacht hast, ich könnte diese Isolation ertragen. Schon nach ein paar Stunden wäre ich zur Station zurückgeflogen —« Seine Stimme brach, als er sich erneut zwang, in die bodenlosen Tiefen zu starren, die ihn umgaben.

»Du machst es dir immer schwer, nicht?« sagte sie mit einer so sanften und mitfühlenden Stimme, daß man den Eindruck haben konnte, sie spreche mit einem Kind. »Weshalb hättest du hinausgehen müssen?«

»Aaaaa ...« sagte er gurgelnd. Wieder einen Schritt voraus. Warum wirklich hinausgehen? Denn das ist es, was man in einem Raumanzug *macht.* Man trägt ihn nicht innerhalb der Station, abgeschnitten von den narrensicheren Lebenserhaltungssystemen, wenn man nicht sterben will, sobald der Sauerstoff in den Tanks zu Ende geht.

»So begriffsstutzig bin ich nicht, und das weißt du auch. Willst du mir sagen, warum ich das nicht gesehen habe? Nein, warte, tu's nicht. Komm mir da nicht auch noch zuvor.

Ich will dir sagen, warum. Weil ich mich in Wirklichkeit gar nicht umbringen wollte. Wenn ich es ernstgemeint hätte, wäre ich auch draufgekommen.«

»Daß das wirklich der Fall ist, habe ich schließlich gehofft. Aber ich wollte trotzdem nicht die Gefahr auf mich nehmen, es dir zu sagen. Du hättest dich vielleicht unter Druck gesetzt gefühlt, es auf jeden Fall zu machen, wenn gewiß gewesen wäre, daß es einen Weg gibt.«

Irgend etwas nagte an ihm. Er furchte die Stirn, um es herauszuquetschen, und er hatte es.

»Die Nacheilung ist kürzer«, erklärte er. »Wie weit sind wir voneinander entfernt?«

»Knapp über zwei Millionen Kilometer, und wir fliegen immer noch aufeinander zu. Das Neueste, was ich meinem Computer entlocken kann — der nur in kurzen Ausbrüchen funktioniert — ist, daß du näher als einskommafünf Millionen Kilometer an mir vorbeifliegst, mit fünftausend pro, relative Geschwindigkeit.« Sie räusperte sich. »Äh, weil wir gerade davon sprechen, wieviel Reserve hast du noch?«

»Warum sich die Mühe machen? Ich verstumme einfach zur richtigen Zeit, und du wirst dir keine Sorgen zu machen brauchen, weil du weißt, wie lange ich noch zu leben habe.«

»Ich möchte es trotzdem wissen. Ich möchte es lieber wissen.«

»Also gut. Auf der kleinen Anzeige hier ist zu erkennen, daß die Luftumwälzer noch fünf Tage laufen sollten. Danach keine Garantien. Fühlst du dich jetzt wohler?«

»Ja.« Wieder schwieg sie kurze Zeit. »Jordan, wie dringend mußt du jetzt mit mir sprechen? Ich kann hierbleiben, solange du es brauchst, aber ich habe sehr viel zu tun, damit hier alles weiterläuft, und kann mir die Strombelastung nicht leisten, fünf Tage ununterbrochen mit dir zu reden. Die Batterien sind sehr schwach und brauchen wirklich dauernd Pflege.«

Er gab sich Mühe, nicht verletzt zu sein. Natürlich führte sie ihren eigenen Kampf, um am Leben zu bleiben — sie hatte noch eine Chance. Sie wäre nicht Trimonisha gewesen, wenn sie zusammengeklappt wäre, weil es einmal hart zuging. Das Rettungsschiff würde sie finden, davon war er überzeugt, während sie unermüdlich arbeitete, um die Maschinen in Betrieb zu halten.

»Ich bin sicher, ich komme zurecht«, sagte er und strengte sich besonders an, um den Vorwurf aus seiner Stimme fernzuhalten. Er schämte sich dieses Gefühls, aber es war da. Das Traurige war, daß er einen kurzen Augenblick lang geglaubt hatte, das Sterben werde nicht so schwer sein, solange er mit ihr sprechen konnte. Jetzt war er seiner Sache nicht mehr so sicher.

»Also, dann halt dich ran. Ich kann dich zweimal am Tag rufen, wenn meine Zahlen stimmen, und eine Stunde lang reden, ohne für das, was ich tun muß, zuviel Strom abzuzapfen. Bist du *sicher,* daß es gehen wird?«

»Ich bin sicher«, log er.

Und er hatte recht. Es ging nicht.

Die erste Wartezeit von zwölf Stunden war ein Gemisch von nagender Einsamkeit und galoppierender Angst vor den Weiten des Alls.

»Von jedem ungefähr die Hälfte«, meinte er in einem seiner lichten Augenblicke. Sie waren selten genug, und er mißgönnte sich nicht den Luxus, laut zu reden, wenn er genug bei Verstand war, um zu verstehen, was er sagte.

Dann meldete sich Trimonisha, und während der ganzen Unterhaltung liefen ihm die Tränen über das Gesicht, aber sie gelangten nicht in seine Stimme, und sie ahnte nichts. Es waren Glückstränen, und sie benäßten das Innere seines Raumanzugs durch seine grenzenlose Liebe zu ihr.

Sie meldete sich ab, und er schwenkte um auf Haß gegen sie, erklärte den uninteressierten Sternen, wie grauenhaft sie ihn behandelte, daß sie das undankbarste Wesen von hier bis 70 Ophiuchi sei.

»Sie könnte sich den Strom abzwacken, um ein paar Minuten länger zu reden«, wütete er. »Ich *verrotte* hier draußen, und sie muß die Stärke des Luftstroms in ihrem Schlafraum verringern oder den Boden fegen. Es ist ja so verdammt wichtig, alles in Schuß zu halten, und mich läßt sie mutterseelenallein.«

Dann hätte er sich am liebsten selbst einen Fußtritt gegeben, weil er so etwas von ihr auch nur dachte. Weshalb sollte sie ihr Leben aufs Spiel setzen und Strom, den sie dringend brauchte, um weiteratmen zu können, dafür zu vergeuden, bloß um mit ihm zu sprechen?

»Ich bin schon tot, also verschwendet sie ihre Zeit. Das

nächstemal, wenn sie sich meldet, sage ich ihr, daß sie mich nicht mehr zu rufen braucht.«

Der Gedanke tröstete ihn. Er wirkte so selbstlos, und er war sich auf unbehagliche Weise bewußt, daß er wohl sehr viel von ihr verlangen würde. Wenn sie alles tat, was er von ihr wollte, würde sie keine Zeit haben, irgend etwas anderes zu tun.

»Wie steht's, Rock Rogers?«

»Trimonisha! Wie nett von dir, dich zu melden. Ich habe den ganzen Tag an dich gedacht und nur darauf gewartet, daß das Telefon läutet.«

»Ist das ernst gemeint, oder haßt du mich heute wieder?«

Er wurde nüchtern und begriff, daß es ihr schwerfallen mochte, sich zurechtzufinden, so rasch und wahnhaft wechselten seine Stimmungen.

»Ernst. Ich rede ganz offen, weil ich es nicht mehr aushalte, nicht darüber zu reden. Hast du an irgend etwas, egal, an was, gedacht, das ich tun könnte, um mich zu retten? Ich habe versucht nachzudenken, aber so, wie es aussieht, kann ich keinen klaren Gedanken fassen. Ich bekomme irgend etwas kurz zu Gesicht, und schon ist es wieder weg. Also frage ich dich. Du hast immer viel schneller als ich einen Weg gesehen, irgend etwas zu bewältigen. Was kann ich tun?«

Sie schwieg lange Zeit.

»Du *mußt* etwas tun, und zwar Folgendes: Du mußt mit dir ins reine kommen, dich mit der Situation abfinden und am Leben bleiben, solange es geht. Wenn du von einer Panik in die andere fällst, wie bisher, reißt du deinen Auspuff auf und läßt die ganze Luft raus. Dann geht überhaupt nichts mehr.«

»Wenn du eine wärst, die wettet, würdest du wetten, daß es überhaupt eine Rolle spielt, wie lange ich noch am Leben bleibe?«

»Die erste Regel, um zu überleben, lautet: Nie aufgeben. *Niemals.* Wenn du es doch tust, kannst du nie die plötzlichen Schicksalswendungen nutzen, die dich retten können. Hörst du mich?«

»Trimonisha, ich will nicht mehr länger herumreden. Tust du etwas, um mich zu retten? Ist dir etwas eingefallen? An welche ›Wendungen‹ hast du denn gedacht?«

»Ich habe etwas gefunden, das vielleicht funktionieren

könnte. Ich sage dir nicht, was es ist, weil ich nicht darauf vertrauen kann, daß du ruhig bleibst. Und das ist alles, was du von mir erfährst.«

»Hast du dir nicht überlegt, daß nichts zu wissen, mich mehr aufregen wird, als es zu wissen und mir den Kopf darüber zu zerbrechen.«

»Doch«, sagte sie gleichmütig. »Aber offen gesagt, ich will nicht, daß du über meine Schulter glotzt und mich rempelst, während ich versuche, das zusammenzubasteln. Ich tue hier, was ich kann, und ich habe dir eben erklärt, was *du* da *draußen* tun mußt. Das ist alles, was ich für dich tun kann, und du wirst es nicht ändern, indem du versuchst, mich mit einem deiner Ausbrüche einzuschüchtern. Nur zu, reg dich auf, soviel du willst, erklär mir, daß ich unfair bin, daß du ein Recht darauf hast, es zu erfahren. Du kannst nicht vernünftig reagieren, Jordan, und *du* bist derjenige, der das überwinden muß. Bist du soweit, daß wir abschalten können? Ich habe viel zu tun.«

Er gab demütig zu, daß er soweit sei.

Ihr nächstes Gespräch mit ihm war noch kürzer. Er wollte sich lieber nicht daran erinnern, aber er hatte sie angewinselt, sie hatte ihn angefaucht und sich dafür entschuldigt und ihn wieder angefaucht, als er sie bestürmte, ihm wenigstens einen ganz winzigen Hinweis zu geben.

»Vielleicht war es falsch, daß ich es dir nicht gesagt habe«, gab sie zu. »Aber eines weiß ich: Wenn ich nachgebe und es dir jetzt sage, wird das nächste Funkgespräch beherrscht sein von deinem Scheiß, mit dem du mir klarmachst, warum mein Plan nicht funktionieren kann. Kopf hoch, Freund. Erzähl dir eine Geschichte, sag Primärzahlen herunter. Überleg dir, warum die Entropie eine negative ist. Frag dich, was der Humanoid macht. Aber *tu* nicht, was er tut. Das ist nicht deine Art. Wir sprechen uns später.«

Die nächsten zwölf Stunden bezeichneten den Beginn erwachender Hoffnungen für Jordan, getönt von den ersten Spuren der Zuversicht.

»Ich glaube, ich halte vielleicht doch durch«, teilte er den Sternen mit. Er sah seine Umgebung mit neuen Augen.

»So weit seid ihr gar nicht weg«, erklärte er den kalten, unpersönlichen Lichtern. Es klang gut, also machte er weiter.

»Na, wie kann ich das Gefühl haben, daß ihr so weit weg seid, wenn ich euch nicht in irgendeiner Perspektive sehen kann? Ihr könntet ebensogut Pünktchen auf meiner Sichtscheibe sein. Ihr *seid* Pünktchen.« Und das waren sie auch.

Nach der Entdeckung, daß er seine Umgebung auf irgendeine Weise im Griff hatte, wurde er so kühn, daß er damit zu experimentieren begann. Wenn er seine Phantasie gebrauchte, konnte er die Sterne von seiner Sichtscheibe in die Ferne verlegen, Hunderte von Metern weit. Das verlieh dem Raum, in dem er sich befand, eine beachtliche, aber keine niederschmetternde Größe. Er stimmte seine Phantasie wie mit einem Einstellknopf ab, führte die Sterne und Galaxien heran und hinaus und veränderte die Größe des Weltraums, wie er sie wahrnahm.

Als sie sich wieder meldete, teilte er ihr einigermaßen triumphierend mit, die Isolation, in der er schwebe, mache ihm nichts mehr aus. Und das entsprach der Wahrheit. Er hatte die Sterne an ihre ursprüngliche Stelle zurückversetzt, Lichtjahre entfernt, und sie dortgelassen. Es kam nicht mehr darauf an.

Sie beglückwünschte ihn müde. Ihre Stimme klang gepreßt; sie hatte den geheimnisvollen Arbeiten, die sie vom Funkgerät fernhielten, ihre ganze Kraft gewidmet. Er glaubte nicht mehr an die Geschichte, daß die Wartung sie unaufhörlich in Anspruch nehme. Wenn das stimmte, woher nahm sie die Zeit, an seiner Rettung zu arbeiten? Die Logik darin führte dazu, daß er sich rundum wohl fühlte.

Er klammerte sich an sein Stückchen Treibholz nicht mehr wie an einen Anker gegen die Einsamkeit. Vielmehr war er dazu gelangt, es als heimatlichen Stützpunkt zu betrachten, von dem aus er Ausflüge machen konnte. Er setzte sich rittlings darauf und betrachtete das weite Universum. Er betrachtete den winzigen, blendenden Funken der Sonne und wunderte sich darüber, daß die ganze wimmelnde Welt der Menschen, die er so lange so dringend gebraucht hatte, in einem so kleinen Raum zusammengepfercht sein konnte. Er brauchte nur den Daumen auszustrecken und konnte damit die inneren Planeten alle abdecken, während seine Handfläche fast den ganzen Rest verbarg. Milliarden Menschen da unten, dicht an dicht, während er diesen schwarzen Riesenozean hatte, in dem er sich wälzen konnte.

Jordans Zeit war auf fünf Stunden geschrumpft. Er hatte Hunger, und die Luft in seinem Helm stank.

»Die Zeit ist vierzehn Uhr, und alles ist gut«, erklärte Trimonisha.

»Hmm? Ach, du bist es. Was ist Zeit?«

»Ach Mann. Jetzt steigerst du dich wirklich rein, was? Zeit ist: die Zeit für meinen zweimal täglichen Anruf, um zu hören, wie es in deiner Gegend aussieht. Wie geht es dir?«

»Wunderbar. Ich bin in Frieden. Wenn der Sauerstoff zu Ende geht, werde ich wenigstens einen friedlichen Tod sterben. Und dafür habe ich dir zu danken.«

»Ich hatte immer gehofft, daß ich strampelnd und schreiend abgehe«, sagte sie. »Und was soll das mit dem Sterben? Ich hab' dir doch gesagt, daß etwas läuft.«

»Danke, Liebling, aber da brauchst du nicht weiterzumachen. Ich bin froh, daß du es getan hast, weil ich, wenn ich nicht eine Zeitlang geglaubt hätte, du arbeitest an meiner Rettung, nie den Frieden erlangt hätte, der mich jetzt erfüllt. Aber ich kann jetzt erkennen, daß das eine Erfindung war, damit ich weitermachen kann und zu mir komme. Und es hat gewirkt, Tri, es hat gewirkt. Würdest du jetzt, bevor du abschaltest, ein paar letzte Mitteilungen aufnehmen? Die erste geht an meine Mutter. ›Liebe Mama ...‹«

»Hör auf. Ich weigere mich, mir etwas so schrecklich Persönliches anzuhören, bis es unbedingt nötig ist. Habe ich nicht einen Weg gefunden, damit du dich umbringen kannst, nachdem du schon aufgegeben hattest? Hole ich aus diesen Übertragungen nicht immer mehr Goldkörner heraus als du? *Ist dir nichts aufgefallen?»*

Die Nacheilung!

Wieder klang in seiner Stimme Panik auf, als er heiser flüsterte: »Wo bist du?«

Und sofort kam zurück: »Tausend Kilometer steuerbords von deinem Vorderdeck, Maat, und im schnellen Anmarsch. Schau zu den Zwillingen hinüber, und in ungefähr dreißig Sekunden wirst du meinen Auspuff sehen, während ich versuche, mit dem Ding anzufliegen, ohne uns alle beide umzubringen.«

»Ding? Was für ein Ding?«

»Raumschiff. Achtung.«

Er konnte sich noch rechtzeitig drehen, um den Brennbeginn zu beobachten. Er wußte, als der Brennschluß eintrat, genau, wie lange die Düsen gearbeitet hatten; er hatte das oft genug gesehen. Es waren drei und fünf achtel Sekunden, die genaue Brenndauer für die erste Stufe der Nachrichtenraketen, die er fast ein Jahr lang jeden Tag abgefeuert hatte.

»Hui! Allerhand G in den Dingern«, sagte sie.

»Aber wie denn?«

»Halt noch ein paar Minuten durch.« Er tat, was verlangt wurde. »Verdammt. Na, läßt sich nicht ändern. Ich komme mit ungefähr fünfzig Stundenkilometern an dir vorbei, einen halben Kilometer entfernt. Du mußt springen, aber ich kann dir eine Leine zuwerfen. Hast du die Rakete noch zum Abstoßen?«

»Ja, und in meinen Rückentanks noch Treibstoff. Ich kann dich erreichen. Verflixt gut geschossen über eine solche Entfernung ist das.«

»Danke. Ich hatte keine Zeit für was Besonderes, aber ich —«

»Sei nur still. Ich muß das erst sehen, um es glauben zu können. Verdirb es mir nicht.«

Und langsam, mit majestätischen fünfzig Kilometern in der Stunde, kam ... ein Ding ... heran, das sie beiläufig ein Raumschiff genannt hatte: Es war nichts als bunt zusammengeschweißtes Metall und plumpe Stützen und überschüssige Masse, aber es flog. Der Kern bestand aus einer Reihe von Gestellen, in denen die ersten Stufen der Nachrichtenraketen zu jeweils zehn Stück untergebracht waren. Aber Dutzende von vierten und fünften Stufen ragten in allen Richtungen hinaus, alle durch Kabel mit Trimonishas altem, vertrautem Sessel verbunden. Die ganze Polsterung samt Füllung war gefroren und unbekümmert abgerissen worden. Und im Sessel saß Trimonisha.

»Mach dich lieber in etwa fünfzig Sekunden bereit.«

»Wie hast du das gemacht? Wie lange hast du gebraucht?«

»Ich habe mich nur gefragt: Was hätte Rock Rogers getan? — Und fing an, das hier zusammenzubauen.«

»Du machst mir nichts vor. Rock war dir nie sympathisch. Was hätte Maryjane Peters, die Superwissenschaftlerin, getan?«

Er konnte den erfreuten Unterton in ihrer Stimme hören,

obwohl sie ihn zu unterdrücken versuchte.

»Hm, vielleicht hast du recht. Ich habe drei Tage daran gearbeitet, und dann mußte ich losfliegen, ob das Ding fertig war oder nicht, weil ich zwei Tage brauchte, um dich zu erreichen. Ich habe auf dem ganzen Weg hierher weiter an der Kiste gerackert und rechne damit, daß ich sie praktisch halb heimtragen muß. Aber ich gedenke zurückzukommen, Jordan, und von meiner Besatzung brauche ich alles an Hilfe, was sie geben kann.«

»Wirst du bekommen.«

»Dann fertig. Los!«

Er sprang, sie warf die Leine, er fing sie, und sie drehten sich langsam umeinander, und seine Arme schienen aus den Schultergelenken gerissen zu werden, aber er hielt sich fest.

Sie spulte ihn heran, und er stieg in den primitiven Käfig, den sie gebaut hatte. Sie eilte umher, warf ausgebrannte Raketenstufen hinaus, befreite das Schiff von aller überschüssigen Masse, schloß ihn an den großen Sauerstofftank an, den sie mitgebracht hatte.

»Festhalten. Dein ganzer Hintern wird grün und blau, wenn ich starte.«

Die Beschleunigung war brutal, besonders deshalb, weil er nicht dafür gepolstert war. Aber sie dauerte nur drei und fünf achtel Sekunden.

»Na, ich habe jetzt drei von diesen Mords-Brennvorgängen überstanden. Noch eine, und wir sind sicher zu Hause.« Sie beschäftigte sich damit, ihren Kurs zu überprüfen, der den Erwartungen entsprach, dann lehnte sie sich im Sessel zurück.

Sie saßen lange zwanzig Sekunden verlegen nebeneinander.

»Es... es ist seltsam, in Wirklichkeit hier neben dir zu sitzen«, sagte er zögernd.

»Mir geht es genauso.« Ihre Stimme klang gedämpft, und es fiel ihr schwer, zu ihm hinüberzublicken. Zögernd streckte sie die Hand aus und ergriff die seine. Das traf ihn im innersten Mark, und er wußte beinahe nicht, was er tun sollte. Aber irgend etwas übernahm das Kommando, als er durch alle die konditionierten Reflexe hindurch endlich begriff, daß es *in Ordnung ging*, daß er sie berühren konnte. Es erschien ihm unfaßbar, daß die Raumanzüge für ihn nicht zählten; es war genug, daß sie einander berühren konnten. Er riß sie wild in seine Arme und preßte sie an sich. Sie hieb auf seinem Rücken herum und lachte abgerissen. Er konnte es durch den Raumanzug kaum spüren, aber es war herrlich!

»Das ist, als mache man durch einen aufgeblasenen Reifen hindurch Liebe«, ächzte sie, als sie sich soweit beruhigt hatte, daß sie wieder sprechen konnte.

»Und wir sind im ganzen All die einzigen zwei Menschen, die das sagen können und trotzdem sagen, es sei phantastisch, weil wir vorher Liebe mit Postkarten gemacht haben.« Auch darüber lachten sie wieder lang und hysterisch.

»Wie schlimm ist es in deiner Station?« fragte er schließlich.

»Überhaupt nicht schlimm. Alles, was wir brauchen, läuft. Ich kann dir ein Bad anbieten —«

»Ein Bad!« Das hörte sich nach himmlischen Glückseligkeiten an. »Wenn du mich nur riechen könntest! Nein, ich bin froh, daß du's nicht kannst.«

»Ich möcht' es gerne können. Ich lasse die Wanne mit ganz, ganz heißem Wasser vollaufen, dann ziehe ich dich aus und laß dich hineingleiten, und dann schrubbe ich all das, was ich ein Jahr lang angestarrt habe, und lasse mir Zeit damit, und dann —«

»He, jetzt brauchen wir keine Geschichten mehr, oder? Jetzt können wir es tun.«

»Wir brauchen sie noch zwei Tage. Jetzt mehr denn je, weil ich den Platz nicht erreichen kann, wo meine Aufmerksamkeit gebraucht wird. Aber du hast mich nicht ausreden lassen. Hinterher steige ich zu dir in die Wanne und laß mich von dir waschen, und bevor wir Hand in Hand in meinen Schlafraum gehen, hole ich Rock Rogers und Maryjane Peters und die Schwarze Witwe und Mark Anton und Jo-Jo und seine wilde Gefährtin und drücke sie mit den Köpfen unter Wasser, bis sie *ertrinken.«*

»Nein, das tust du nicht. *Ich* verlange das Recht, Rock Rogers zu ertränken.«

Aus dem Amerikanischen übersetzt von Tony Westermayr

Luftpiraten

(Air Raid)

Ich wurde von dem stummen Alarm, der in meinem Schädel dröhnte, aus dem Schlaf gerissen. Er hört nicht auf, bis man sich aufsetzt, also tat ich es. Rings um mich im verdunkelten Schlafsaal pennten die Angehörigen des Greif-Trupps einzeln und paarweise. Ich gähnte, kratzte mich an den Rippen und klopfte auf Genes dichtbehaarte Flanke. Er drehte sich auf die andere Seite. Soviel zu romantischem Abschied.

Ich rieb mir den Schlaf aus den Augen, griff hinunter auf den Boden nach meinem Bein, schnallte es an und stellte den Anschluß her. Dann lief ich zwischen den Kojenreihen zum Einsatzraum.

Der Lageschirm leuchtete im Halbdunkel. Sun-Belt-Fluggesellschaft, Flug 128 von Miami nach New York, 15. September 1979. Danach suchten wir schon seit drei Jahren. Ich hätte glücklich sein sollen, aber wer kann sich das beim Aufwachen schon leisten?

Liza Boston kam auf dem Weg zum Bereitschaftsraum murmelnd an mir vorbei. Ich antwortete murmelnd und folgte ihr. Rund um die Spiegel flammten die Lichter auf, und ich tastete mich zu einem davon vor. Hinter uns wankten drei andere herein. Ich setzte mich, schloß mich an, und endlich konnte ich mich zurücklehnen und die Augen schließen.

Sie blieben nicht lange zu. Rrums! Ich setzte mich kerzengerade auf, als das schlammträge Zeug, das ich als Blut verwende, durch überverdichteten Treibsaft ersetzt wurde. Ich schaute mich um und erntete eine Reihe idiotischer Grinsgrimassen. Da waren Liza und Pinky und Dave. An der Rückwand drehte Cristabel sich schon langsam vor den Luftbürsten und ließ sich zur Weißen umfärben. Es schien ein guter Trupp zu sein.

Ich öffnete die Schublade und begann mit den ersten Arbeiten an meinem Gesicht. Mit jedemmal wird es schwerer. Transfusion hin, Transfusion her, ich sah aus wie der leibhaftige Tod. Das rechte Ohr war jetzt ganz weg. Ich konnte meine Lippen nicht mehr schließen; das Zahnfleisch war immer zu sehen. Eine Woche zuvor war im Schlaf ein Finger abgefallen. Und was geht dich das an, Kerl?

Während ich arbeitete, leuchtete einer der Bildschirme um den Spiegel auf. Eine lächelnde junge Frau, blond, hohe Stirn, rundes Gesicht. Ziemlich genau getroffen. Die Textzeile lautete: ›Mary Katrina Sondergard, geboren in Trenton, New Jersey, Alter 1979: 25.‹ Baby, das ist ein Glückstag.

Der Computer löste die Haut von ihrem Gesicht, um mir das Knochengefüge zu zeigen, drehte den Kopf, wies mir Querschnitte vor. Ich studierte die Ähnlichkeiten mit meinem eigenen Schädel und prägte mir die Unterschiede ein. Nicht schlecht, und besser als andere, die ich schon zugewiesen bekommen hatte.

Ich stellte ein Gebiß zusammen, das auch die kleine Lücke in den oberen Schneidezähnen enthielt. Wachs wölbte meine Wangen. Aus dem Spender fielen Kontaktlinsen, und ich setzte sie ein. Nasenstöpsel weiteten meine Nasenlöcher. Ohren waren nicht nötig; die Perücke würde sie bedecken. Ich zog eine leere Plastihaut-Maske über mein Gesicht und mußte warten, bis sie anschmolz. Es dauerte nur eine Minute, sie perfekt zu formen. Ich lächelte mich an. Wie schön, Lippen zu haben.

Im Ausgabeschlitz klapperte es, eine blonde Perücke und rosarote Kleidung fielen in meinen Schoß. Die Perücke war vom Former noch heiß. Ich setzte sie auf und zog die Strumpfhose an.

»Mandy? Hast du die Kurzbiographie von Sondergard?« Ich hob den Kopf nicht; ich erkannte die Stimme.

»Roger.«

»Wir haben sie in der Nähe des Flughafens entdeckt. Wir können dich vor dem Start einschleusen, also wirst du der Joker sein.«

Ich ächzte und blickte zu dem Gesicht auf dem Bildschirm hinauf. Elfreda Baltimore-Louisville, Direktorin der Einsatztrupps. Lebloses Gesicht und winzige Schlitze als Augen. Was kann einer machen, wenn alle Muskeln tot sind?

»Okay.« Man nimmt, was man kriegt.

Sie schaltete ab, und ich verbrachte die nächsten zwei Minuten damit, mich anzuziehen, während ich den Blick auf die Bildschirme gerichtet hielt. Ich prägte mir die Namen und

Gesichter der Besatzung ein und das wenige, was man über sie wußte. Dann eilte ich hinaus und holte die anderen ein. Abgelaufene Zeit seit dem Alarm: zwölf Minuten und sieben Sekunden. Wir mußten uns ranhalten.

»Sun-Belt soll der Teufel holen«, murrte Cristabel und zerrte an ihrem BH.

»Wenigstens gibt es die hohen Absätze nicht mehr«, meinte Dave. Ein Jahr vorher wären wir auf siebeneinhalb Zentimeter hohen Plattformabsätzen durch die Gänge gewankt. Wir trugen alle kurze, rosarote Kleidchen, vorne mit blauen und weißen Schrägstreifen, dazu passende Schultertaschen. Ich mühte mich ab, das lächerliche Pillbox-Hütchen aufzusetzen.

Wir trabten in den dunklen Einsatz-Kontrollraum und stellten uns an der Sperre auf. Jetzt konnten wir nichts mehr tun. Bis die Sperre so weit war, konnten wir nur warten.

Ich war die erste, kaum einen Meter vom Portal entfernt. Ich wandte mich ab; mir wird schwindlig davon. Statt dessen richtete ich den Blick auf die Gnome an den Konsolen, vom gelben Licht ihrer Bildschirme überflutet. Keiner von ihnen sah mich an. Sie mögen uns nicht besonders. Ich mag sie auch nicht. Eingeschrumpft, ausgemergelt, alle miteinander. Unsere dicken Beine und Hintern und Brüste sind für sie ein Vorwurf, eine Erinnerung daran, daß Greifer das Fünffache ihrer Rationen bekommen, um für die Maskerade geeignet zu bleiben. Inzwischen verrotten wir weiter. Eines Tages werde ich an einer Konsole sitzen. Eines Tages werde ich in eine Konsole *eingebaut* sein, mein Inneres nach außen gestülpt, und von meinem Körper nichts mehr vorhanden als der Gestank. Zum Teufel mit ihnen.

Ich vergrub meine Pistole unter einem Durcheinander von Papiertaschentüchern und Lippenstiften in meiner Handtasche. Elfreda sah mich an.

»Wo ist sie?« fragte ich.

»Motelzimmer. Sie war von 22 Uhr bis zum Mittag des Flugtages allein.«

Die Startzeit war 13.15 Uhr. Sie hatte es knapp gemacht und würde es eilig haben. Gut.

»Könnt ihr sie im Badezimmer erwischen? Am allerbesten wäre die Wanne.«

»Wir bemühen uns.« Sie deutete mit einer über leblose Lippen gezogenen Fingerspitze ein Lächeln an. Sie wußte, wie ich am liebsten arbeitete, aber sie teilte mir mit, daß ich nehmen würde, was sich mir bot. Kann ja nie schaden, wenn man sich erkundigt. Die Leute sind am wehrlosesten, wenn sie ausgestreckt und bis zum Hals im Wasser liegen.

»Los!« rief Elfreda. Ich trat hindurch, und schon ging alles schief.

Ich blickte in die falsche Richtung und trat aus dem Badezimmer *hinaus* ins Schlafzimmer. Ich drehte mich um und konnte Mary Katrina Sondergard durch den Dunst der Sperre erkennen. Es gab keine Möglichkeit, sie zu erreichen, ohne noch einmal hindurchzugehen. Ich konnte nicht einmal schießen, ohne auf der anderen Seite jemanden zu treffen.

Sondergard stand am Spiegel, der ungünstigste Platz, den es gibt. Nur wenige Menschen erkennen sich selbst ganz schnell, aber sie hatte sich schon die ganze Zeit angesehen. Sie sah mich, und ihre Augen weiteten sich. Ich trat zur Seite, so daß sie mich nicht mehr sehen konnte.

»Was, zum Teufel ... he? Wer — verdammt —« Ich prägte mir die Stimme ein. Sie genau zu treffen, kann sehr schwierig sein.

Ich ging davon aus, daß sie eher neugierig als ängstlich sein würde. Meine Vermutung traf zu. Sie kam aus dem Badezimmer und ging durch die Sperre, als sei diese nicht vorhanden, was auch stimmte, weil sie nur eine Seite hat. Sie trug ein um die Hüften geknüpftes Handtuch.

»Menschenskind! Was machen Sie in meinem —« In einem solchen Augenblick bleibt einem die Stimme weg. Sie wußte, daß sie etwas sagen sollte, aber was? *Verzeihen Sie, habe ich Sie nicht in meinem Spiegel gesehen?*

Ich setzte mein schönstes Stewardessenlächeln auf und streckte die Hand aus.

»Entschuldigen Sie das Eindringen. Ich kann alles erklären. Sehen Sie, ich —« Ich traf sie an der Schläfe, sie taumelte und brach zusammen. Ihr Handtuch fiel auf den Boden. »— muß mir das Studium verdienen.« Sie wollte aufstehen, und ich traf sie mit meinem künstlichen Knie am Kinn. Sie blieb unten.

»Mist, verdammter!« zischte ich und rieb mir die schmerzenden Fingerknöchel. Aber ich hatte keine Zeit. Ich kniete vor ihr nieder und prüfte ihren Puls. Es würde ihr nichts fehlen, aber ich hatte wohl ein paar Vorderzähne gelockert. Ich sah sie kurz an. Mein Gott, so auszusehen ohne Schminke, ohne Prothesen! Sie brach mir beinahe das Herz.

Ich packte sie unter den Knien und zerrte sie zur Sperre. Sie war wie ein Sack gekochter Nudeln. Jemand griff hindurch, packte ihre Füße und zog daran. *Bis dann, Liebes! Hättest du nicht Lust, eine weite Reise zu machen?*

Ich setzte mich auf ihr gemietetes Bett, um zu Atem zu kommen. In ihrer Handtasche lagen Autoschlüssel und Zigaretten, echter Tabak, sein Gewicht in Blut wert. Ich zündete mir sechs davon an, nachdem ich mir ausgerechnet hatte, daß mir fünf Minuten für mich selbst blieben. Das Zimmer füllte sich mit süßem Rauch. So werden sie einfach nicht mehr hergestellt.

Das Mietauto stand auf dem Motel-Parkplatz. Ich stieg ein und fuhr zum Flughafen. Ich atmete die an Kohlenwasserstoffen reiche Luft tief ein. Ich konnte Hunderte von Metern weit sehen. Die Perspektive machte mich beinahe schwindlig, aber ich lebe für diese Augenblicke. Es gibt keine Möglichkeit, zu erklären, wie das in der Vor-Welt ist. Die Sonne war eine gleißende, gelbe Scheibe hinter dem Dunst.

Die anderen Stewardessen gingen an Bord. Ein paar davon kannten Sondergard, also sagte ich nicht viel und täuschte einen Kater vor. Das kam gut an, mit viel wissendem Gelächter und vielsagenden Bemerkungen. Offenkundig war es nicht untypisch. Wir gingen an Bord der 707 und machten uns für die Ankunft der Passagiere bereit.

Es sah gut aus. Die vier Einsatzbereiten auf der anderen Seite waren eineiige Zwillinge der Frauen, mit denen ich zusammenarbeitete. Es gab bis zum Abflug nichts zu tun, als eine Stewardess zu sein. Ich hoffte, daß es keine Störungen mehr geben würde. Eine Sperre für jemand umzustülpen, auf den man in einem Motelzimmer stieß, war eine Sache, aber eine 707 in 6000 Metern Höhe ...

Die Maschine war fast voll, als die Frau, für die Pinky auftreten sollte, die vordere Tür verriegelte. Wir rollten zum Ende der Startbahn, dann waren wir in der Luft. Ich nahm in der Ersten Klasse die Getränkebestellungen auf.

Die Passagiere waren von der üblichen 1979er Sorte. Fett und aufsässig, alle miteinander, und so wenig Ahnung davon, daß sie im Paradies lebten, wie ein Fisch vom Meer eine Ahnung hat. *Meine Damen und Herren, was würden Sie von einer Reise in die Zukunft halten? Nein? Kann nicht behaupten, daß mich das wundert. Wie wäre es, wenn ich Ihnen mitteile, daß dieses Flugzeug später —*

Als wir auf Reisehöhe waren, piepte mein Alarm. Ich blickte auf die Anzeige unter meiner Lady Bulova-Armbanduhr und schaute zu einer der Toilettentüren hinüber. Ich spürte, wie ein Zittern durch die Maschine ging. *Verdammt, nicht so früh.*

Dahinter war die Sperre. Ich trat schnell hindurch und winkte Diana Gleason — Daves Täubchen — nach vorn zu kommen.

»Schau dir das an«, sagte ich angewidert. Sie wollte in die Toilette gehen und blieb stehen, als sie das grüne Leuchten sah. Ich gab ihr einen Tritt in den Hintern. Ideal. Dave würde Gelegenheit bekommen, ihre Stimme zu hören, bevor er herüberkam. Obwohl sie kaum etwas anderes tun würde, als zu kreischen, wenn sie sich umschaute . . .

Dave kam durch die Sperre und schob seinen albernen kleinen Hut zurecht. Diana mußte sich gewehrt haben.

»Gib dich angeekelt«, flüsterte ich.

»So eine Sauerei«, sagte er, als er aus der Toilette trat. Er ahmte Dianas Stimme sehr gut nach, nur die Aussprache stimmte nicht ganz. Es würde nicht mehr lange wichtig sein.

»Was ist denn?« Es war eine der Stewardessen aus der Touristenklasse. Wir traten zur Seite, damit sie hineinschauen konnte, und Dave stieß sie hindurch. Pinky kam herausgeschnellt.

»Wir sind hinter der Zeit«, sagte Pinky. »Auf der anderen Seite haben wir fünf Minuten verloren.«

»Fünf?« quäkte Dave-Diana. Mir ging es genauso. Wir hatten hundertdrei Fluggäste durchzuschleusen.«

»Ja. Sie haben die Verbindung verloren, nachdem ihr mein Täubchen hereingeschickt habt. So lange hat es gedauert, die Anpassung wiederzufinden.«

Man gewöhnt sich daran. Auf beiden Seiten der Sperre läuft die Zeit mit unterschiedlicher Geschwindigkeit ab, obwohl der Verlauf gleich bleibt, von der Vergangenheit in die Zukunft. Seit wir die Greifaktion damit begonnen hatten, daß ich in Sondergards Zimmer getreten war, konnte man auf beiden Seiten nicht mehr zu einem früheren Zeitpunkt gelangen. Hier, 1979, standen uns vierundneunzig Minuten und nicht mehr zur Verfügung, um alles zu erledigen. Auf der anderen Seite konnte das Portal nie länger als drei Stunden aufrechterhalten werden.

»Wieviel Zeit war vergangen, seit der Alarm kam, als du herausgekommen bist?«

»Achtundzwanzig Minuten.«

Es klang nicht gut. Es würde mindestens zwei Stunden dauern, nur um die Schafe durchzuschleusen. Vorausgesetzt, daß es in der 79er Zeit keine Verluste mehr gab, würden wir es gerade noch schaffen können. Aber Verluste gibt es *immer.* Ich fröstelte bei dem Gedanken.

»Also keine Zeit mehr für Spielereien«, sagte ich. »Pink, du gehst zu den Touristen und rufst die beiden anderen Mädchen her. Sag ihnen, sie sollen einzeln kommen, wir hätten ein Problem. Du kennst dich ja aus.«

»Die Tränen mühsam zurückhalten. Kapiert.« Sie eilte nach hinten. Im Nu tauchte die erste auf. Ihr freundliches Sun-Belt-Linien-Lächeln war ihrem Gesicht aufgeprägt, aber ihr Magen würde sich verkrampft haben. *O Gott, jetzt passiert es!*

Ich griff nach ihrem Ellenbogen und zog sie hinter den Vorhang. Sie atmete schwer.

»Willkommen in der Dämmerzone«, sagte ich und hieb ihr die Pistole auf den Kopf. Sie sank zusammen, und ich fing sie auf. Pinky und Dave halfen mir, sie durch die Sperre zu schieben.

»Schiet! Das verdammte Ding flackert!«

Pinky hatte recht. Ein besonders unheilvolles Zeichen. Aber das grüne Leuchten festigte sich, während wir hinstarrten, mit weiß-Gott-wieviel Verlust auf der anderen Seite. Cristabel kam heraus.

»Noch dreiunddreißig«, sagte sie. Es hatte keinen Sinn, über das zu sprechen, was wir alle dachten: Es lief ganz schlecht.

»Zurück zu den Touristen«, sagte ich. »Sei tapfer, lächle alle an, aber ein bißchen übertrieben, ja?«

»Klar«, sagte Cristabel.

Wir schleusten die anderen ohne Zwischenfall durch. Dann blieb keine Zeit mehr, über irgend etwas zu diskutieren. In achtundneunzig Minuten würde Flug 128 über einen

Berg verstreut sein, ob wir fertig waren oder nicht.

Dave ging ins Cockpit, um die Besatzung von uns fernzuhalten. Ich und Pinky sollten uns um die Erste Klasse kümmern, bevor wir Cristabel und Liza bei den Touristen halfen. Wir bedienten uns des üblichen ›Kaffee, Tee oder Milch‹-Manövers und verließen uns auf unsere Schnelligkeit und ihre Trägheit.

Ich beugte mich über die beiden ersten Sitze auf der linken Seite.

»Gefällt Ihnen der Flug?« Pfft, pfft. Zweimal abgedrückt, nah an den Köpfen, und ohne daß es die anderen sehen konnten.

»Hallo, Herrschaften. Ich bin Mandy. Fly me.« Pfft, pfft.

Auf halbem Weg zur Küche beobachteten uns ein paar Leute neugierig. Aber die Menschen regen sich nicht auf, solange sie nicht weit mehr Anlaß dazu haben. Einer in der hinteren Reihe stand auf, und ich gab es ihm. Inzwischen waren nur noch acht Stück wach. Ich wischte das Lächeln weg und gab vier schnelle Schüsse ab. Die restlichen übernahm Pinky. Wir hetzten durch den Vorhang, gerade rechtzeitig.

Hinten in der Touristenklasse gab es Aufruhr; ungefähr sechzig Prozent der Figuren waren schon behandelt. Cristabel sah mich an, und ich nickte.

»Okay, Leute«, rief sie laut. »Behalten Sie die Ruhe. Beruhigen Sie sich und hören Sie zu. *Halt die Klappe,* Schnösel, bevor ich dir den Fuß quer in den Hintern ramme.«

Der Schock, sie so reden zu hören, genügte jedenfalls, um uns ein wenig Zeit zu verschaffen. Wir hatten eine Schützenlinie quer durch das Flugzeug gebildet, die Waffen gezogen, auf Rückenlehnen der Sitze gestützt, gezielt auf die durcheinanderwogende, verwirrte Menge von dreißig Figuren.

Die Pistolen genügen, um bis auf die Gedankenlosesten alle zu erschrecken. Im Grunde ist ein Normal-Betäuber nur eine Plastikstange mit zwei Gittern, die ungefähr fünfzehn Zentimeter auseinanderliegen. Sie enthalten nicht genug Metall, um die Kontrollgeräte ansprechen zu lassen. Und für Menschen ab der Steinzeit bis ungefähr 2190 sehen sie so wenig nach einer Waffe aus wie ein Kugelschreiber. Die Ausrüster pulvern sie also mit einer Plastikhülle zu richtigen Weltraum-Strahlern auf, mit einem Dutzend Knöpfen und zukkenden Lämpchen und einem Lauf, der eher einer Schweinsschnauze ähnlich sieht. Es gibt kaum jemals einen Menschen, der sich an so ein Ding heranwagt.

»Wir sind in großer Gefahr, und die Zeit ist kurz. Sie müssen alle genau das tun, was ich sage, dann geschieht Ihnen nichts.«

Man darf ihnen keine Zeit zum Nachdenken lassen, man muß sich auf seinen Einfluß als Stimme der Autorität stützen. Die Situation *kann* einfach keinen Sinn für sie ergeben, gleichgültig, wie man sie ihnen erklärt.

»Augenblick mal, ich glaube, Sie schulden uns —«

Ein fliegender Jurist. Ich traf eine blitzschnelle Entscheidung, drückte auf den Feuerwerksknopf meiner Pistole und schoß auf ihn.

Die Waffe gab ein Geräusch von sich, als wäre sie eine fliegende Untertasse mit Bauchbeschwerden, spie Funken und kleine Flammenzungen, und ein grüner Laserfinger zuckte zu seiner Stirn. Er brach zusammen.

Alles Quark, versteht sich. Aber sehr eindrucksvoll.

Und noch dazu unglaublich riskant. Ich mußte wählen zwischen einer Panik, wenn der Schwachkopf sie zum Denken veranlaßte, und einer möglichen Panik beim Aufgleißen der Waffe. Aber wenn nur ein einziger dazu Gelegenheit findet, von seinen ›Rechten‹ zu reden, und was man ihm ›schuldig‹ sei, kann alles aus dem Gleichgewicht geraten. So etwas steckt an.

Es funktionierte. Geschrei erhob sich, die Leute verschwanden hinter den Sitzen, aber es gab keinen Ansturm. Wir wären damit fertiggeworden, aber ein paar von ihnen mußten bei Bewußtsein bleiben, wenn wir die Greifaktion jemals abschließen wollten.

»Aufstehen. Steht *auf,* ihr *Säcke!*« schrie Cristabel. »Er ist nur betäubt, sonst nichts. Aber den nächsten, der aufmuckt, bringe ich *um.* Steht jetzt endlich *auf* und tut, was ich euch sage. *Zuerst die Kinder! Lauft,* so schnell ihr könnt, nach vorne. Tut, was euch die Stewardess sagt. Los, Kinder, *bewegt euch!*«

Ich stürzte knapp vor den Kindern in die Erste Klasse zurück, fuhr an der offenen Toilettentür herum und ließ mich auf die Knie fallen.

Sie waren wie versteinert. Sie waren zu fünft — ein paar weinten, was mir immer die Kehle zuschnürt — und blickten nach links und rechts auf tote Leute in der Ersten Klasse, stolperten, einer Panik nah.

»Los, Kinder«, rief ich und zeigte ihnen mein ganz besonderes Lächeln. »Eure Eltern kommen gleich nach. Es wird alles gutgehen, ich versprech' es euch. Los doch.«

Ich schob drei von ihnen hindurch. Das vierte Kind, ein Mädchen, sperrte sich. Sie wollte nicht durch diese Tür. Sie spreizte Arme und Beine, und ich konnte sie nicht hindurchschieben. Ich *schlage* kein Kind, niemals. Sie fuhr mit den Fingernägeln über mein Gesicht. Meine Perücke fiel herunter, und sie glotzte meinen nackten Schädel an. Ich stieß sie hindurch.

Nummer fünf saß im Mittelgang und heulte. Er war vielleicht sieben. Ich lief zurück, hob ihn auf, umarmte und küßte ihn und warf ihn hindurch. Mein Gott, ich brauchte eine Ruhepause, aber in der Touristenklasse wurde ich benötigt.

»Sie, Sie, Sie und Sie. Okay, Sie auch. Helft ihm, ja?« Pinky besaß ein geübtes Auge für diejenigen, die für niemanden von Nutzen waren, nicht einmal für sich selbst. Wir trieben sie durch die Maschine nach vorn, dann stellten wir uns entlang der linken Seite auf, wo wir die Tätigen in Schach halten konnten. Es dauerte nicht lange, bis wir sie dazu brachten, sich anzustrengen. Sie schleppten die erschlafften Körper hin, so schnell sie konnten. Ich und Cristabel waren in der Touristenklasse, die anderen vorne.

Das Adrenalin in meinem Körper wurde jetzt verarbeitet; der aktive Antrieb ließ nach, und ich fühlte mich hundemüde. Es entsteht ein unvermeidliches Gefühl des Mitleids mit den armen, dummen Figuren, das mich immer in diesem Stadium erfaßt. Sicher, sie waren besser dran, gewiß; sie würden sterben, wenn wir sie nicht aus dem Flugzeug schafften, aber wenn sie die andere Seite sahen, würde es ihnen arg schwerfallen, das zu glauben.

Die ersten kamen zurück, um die zweite Ladung zu holen, betäubt von dem, was sie eben gesehen hatten: Dutzende von Menschen, hineingestopft in eine kleine Kabine, die schon leer mehr als eng war. Ein Collegestudent machte ein Gesicht, als hätte man ihm einen Magenschwinger versetzt. Er blieb bei mir stehen und sah mich flehend an.

»Hören Sie, ich will Ihnen ja *helfen,* nur ... was geht denn da *vor?* Ist das eine neue Rettungsmethode? Ich meine, werden wir abstürzen —«

Ich schaltete meine Waffe auf schwache Leistung und streifte mit dem Strahl sein Gesicht. Er stöhnte auf und zuckte zurück.

»Halt den Mund und beeil dich, sonst bring' ich dich um.« Es würde Stunden dauern, bis sein Kiefer sich wieder so eingerenkt hatte, daß er dumme Fragen stellen konnte.

Wir räumten die Touristenklasse aus und zogen weiter. Von den Schleppern waren einige inzwischen ziemlich erschöpft. Muskeln wie Pferde, alle miteinander, aber sie können kaum eine Treppe hinauflaufen. Wir ließen ein paar von ihnen hindurch, darunter zwei, die mindestens fünfzig Jahre alt waren. *Mensch* Mann. Fünfzig! Wir waren schließlich bei einem Kern von vier Männern und zwei Frauen, die kräftig zu sein schienen, und trieben sie an, bis sie beinahe umkippten. Aber in fünfundzwanzig Minuten schleusten wir alle durch.

Das Portapak kam durch, als wir uns auszogen. Cristabel klopfte an die Tür zum Cockpit, und Dave kam heraus. Er war schon nackt. Ein schlechtes Zeichen.

»Ich mußte sie niederhauen«, sagte er. »Der gottverdammte Kapitän *mußte* ja unbedingt zum großen Marsch durch das Flugzeug antreten. Ich habe *alles* versucht.«

Manchmal geht es nicht anders. Das Flugzeug war auf den Autopiloten geschaltet, wie es zu diesem Zeitpunkt der Gewohnheit entsprach. Aber wenn irgendeiner von uns an der Maschine irgend etwas veränderte, wenn er den feststehenden Ablauf der Dinge auf irgendeine Weise auch nur geringfügig beeinflußte, war alles aus. Die ganze Arbeit umsonst, und Flug 128 für alle Zeit unzugänglich. Ich habe von der Zeittheorie keinen blassen Schimmer, aber mit der Praxis kenne ich mich aus. Wir können in der Vergangenheit nur zu Zeiten und an Orten etwas tun, wo es keinen Unterschied macht. Wir müssen unsere Spuren verwischen. Einen gewissen Spielraum gibt es; einmal ließ eine Greiferin ihre Pistole liegen, und sie ging mit dem Flugzeug mit. Niemand hat sie je gefunden, oder wenn doch, hatte man keine Ahnung davon, was das sein sollte, so daß uns das nicht schadete.

Flug 128 war von einem mechanischen Defekt betroffen. Das ist das allerbeste; es heißt, daß wir den Piloten nicht bis zum Boden im unklaren darüber lassen müssen, was im Passagierraum vorgeht. Wir können ihm eins aufs Haupt geben und die Maschine selbst fliegen, weil er ohnehin nichts hätte tun können, um das Flugzeug zu retten. Ein Absturz durch Versagen des Piloten ist für eine Greifaktion praktisch ungeeignet. Wir arbeiten meistens in der Luft, bei Bombenexplosionen und Schäden an der Maschine selbst. Wenn es auch nur einen einzigen Überlebenden gibt, müssen wir die Finger davon lassen. Das würde nicht in das Raum-Zeit-Gefüge passen, weil es unveränderlich ist (obwohl man es ein bißchen dehnen kann), und wir würden nur alle verblassen und im Bereitschaftsraum wieder auftauchen.

Mein Kopf schmerzte. Ich brauchte das Portapak ganz dringend.

»Wer hat die meisten Stunden auf einer 707?«

Das war Pinky, also schickte ich sie zusammen mit Dave in die Kanzel, weil der die Stimme des Piloten für die Bodenkontrolle übernehmen konnte. Sie zogen zwei lange Schläuche aus dem Portapak, und wir anderen schlossen uns an. Wir standen da, jeder rauchte eine Handvoll Zigaretten; wir wollten sie zu Ende rauchen, hofften aber, daß die Zeit nicht reichen würde. Die Sperre war sofort verschwunden, als wir unsere Kleidung und die Besatzung hindurchgeschleudert hatten.

Aber wir zerbrachen uns nicht lange die Köpfe. Eine Greifaktion hat noch andere Vorzüge, aber nichts geht über das Hochfluten nach dem Anschluß an das Portapak. Die Aufwach-Transfusion besteht aus nichts als frischem Blut, reich an Sauerstoff und Zucker. Was wir jetzt bekamen, war ein irres Gebräu aus konzentriertem Insulin, übersättigtem Hämoglobin, Methedrin, Selbstgebranntem, TNT und Aufputschmitteln. Das war wie eine Feuerwerksrakete im Herzen; ein Knalleffekt, der alles verdeckt.

»Mir wachsen Haare auf der Brust«, sagte Cristabel ernsthaft. Alle kicherten.

»Gibt mir jemand meine Augäpfel?«

»Die blauen oder die roten?«

»Ich glaub', ich hab' eben den Hintern verloren.«

Das hatten wir alles schon oft gehört, aber wir brüllten trotzdem vor Lachen. Wir waren stark, *stark,* und einen grandiosen Augenblick lang hatten wir keine Sorgen. Alles war zum Schreien komisch. Ich hätte mit meinen Wimpern Eisenblech zerfetzen können.

Aber man wird von dem Zeug überkandidelt. Als die Sperre nicht kam und nicht kam und *Himmelherrgott nicht kam,* wurden wir mehr als unruhig. Der Vogel hier würde nicht mehr sehr lange fliegen.

Dann tauchte sie auf, und wir schalteten ein. Die erste von den Figuren kam heraus, bekleidet mit dem, was ein Passagier, dem die Figur glich, getragen hatte.

»Obere Zeit abgelaufen zweifünfunddreißig«, erklärte Cristabel.

»Mensch Mann.«

Das ist eine mühselige Arbeit. Man packt den Gurt an der Figur und zerrt sie durch den Gang, nachdem man einen Blick auf die Sitznummer geworfen hat, die auf ihre Stirn gemalt ist. Die Farbe hielt drei Minuten. Man setzt das Ding hinein, schnallt es an, öffnet den Gurt und wirft ihn durch die Sperre, während man schon das nächste Ding packt. Man muß davon ausgehen, daß es auf der anderen Seite richtig gemacht worden ist: Zahnplomben, Fingerabdrücke, stimmig in Größe, Gewicht und Haarfarbe. Das meiste davon ist nicht von großer Bedeutung, schon gar nicht bei Flug 128, Absturz mit Ausbrennen. Es würde Fetzen und Stücke geben, noch dazu verkohlt. Aber man darf kein Risiko eingehen. Diese Retter sind bei den Überresten, die sie finden, wirklich gründlich; vor allem Gebisse und Fingerabdrücke sind wichtig.

Ich hasse die Figuren. Ich hasse sie ehrlich. Jedesmal, wenn ich einen Gurt packe und es ein Kind ist, frage ich mich, ob das Alice sein kann. *Bist du mein Kind, du Klumpen, du Kröte, du schleimiger Wurm?* Ich trat sofort bei den Greifern ein, nachdem die Hirnwanzen meinem Baby das Leben aus dem Kopf gefressen hatten. Ich konnte den Gedanken nicht ertragen, daß sie die letzte Generation war, daß die letzten Menschen, die es jemals geben würde, mit nichts in ihren Köpfen zu leben hatten, nach Maßstäben, die sogar 1979 galten, medizinisch tot, während Computer ihre Muskeln betätigten, damit sie nicht verkümmerten. Man wächst auf, erreicht — in einem von tausend Fällen — noch fruchtbar die Pubertät, beeilt sich, beim allererstenmal schwanger zu werden. Dann stellt man fest, daß Mama oder Papa an einer chronischen

Krankheit gestorben sind, die in den Genen steckt, und daß keines der Kinder immun dagegen sein wird. Ich *wußte* von der Paralepra; ich wuchs damit auf, daß mir die Zehen abfielen. Aber das hier war zu viel. Was soll man tun?

Nur eine von zehn der Figuren besaß ein richtiges, unbeschädigtes Gesicht. Es erfordert Zeit und viel Geschick, ein neues Gesicht herzustellen, das einer ärztlichen Obduktion standhält. Die anderen waren vorher schon entstellt. Wir haben Millionen davon; es fällt nicht schwer, einen passenden Körper zu finden. Die meisten würden weiteratmen, zu dumm, um aufzuhören, bis sie mit der Maschine abstürzten.

Das Flugzeug ruckte heftig. Ich schaute auf die Uhr. Noch fünf Minuten bis zum Aufprall. Die Zeit sollte uns reichen. Ich war bei meiner letzten Figur. Ich konnte Dave mit erregter Stimme zur Bodenkontrolle sprechen hören. Eine Bombe kam durch die Sperre, und ich warf sie in die Kanzel. Pinky stellte den Drucksensor an der Bombe an und kam herausgestürzt, gefolgt von Dave. Liza war schon durch. Ich packte die schlaffen Puppen in Stewardessenuniform und warf sie auf den Boden. Der Motor löste sich, und ein Stück davon kam durch die Wand geflogen. Der Kabinendruck ging zurück. Die Bombe fetzte einen Teil der Kanzel weg (Der Rettungstrupp am Boden würde — so hofften wir — davon ausgehen, daß ein Teil des Motors hereingeflogen war und die Besatzung getötet hatte: Auf dem Flugaufzeichnungsgerät war vom Piloten nun nichts mehr zu hören.), und wir drehten uns langsam nach links und hinunter. Ich wurde zu dem Loch in der Kabinenwand gerissen, konnte mich aber an einem Sitz festhalten. Cristabel hatte nicht soviel Glück. Sie wurde nach hinten geschleudert.

Wir stiegen ein wenig und verloren an Geschwindigkeit. Plötzlich ging es von dort, wo Cristabel im Gang lag, steil bergauf. Aus ihrer Schläfe quoll Blut. Ich blickte zurück; alle waren fort, am Boden lagen drei Figuren in rosaroten Kleidchen übereinander. Das Flugzeug rutschte ab, kippte hinunter, und meine Füße hoben vom Boden ab.

»Los, Bel!« kreischte ich. Die Sperre war nicht einmal einen Meter von mir entfernt, aber ich begann mich dorthin zu ziehen, wo sie schwebte. Das Flugzeug bäumte sich auf, und sie fiel auf den Boden hinunter. Unfaßbar, eigentlich, aber das schien sie aufzuwecken. Sie begann auf mich zuzuschwimmen, und ich packte ihre Hand, als der Boden wieder heraufkam und gegen uns prallte. Wir krochen vorwärts, als die Maschine ihre letzten Todesqualen durchstand, und erreichten die Tür. Die Sperre war fort.

Es gab nichts zu sagen. Wir stürzten ab. Es ist schwer genug, die Sperre in einem Flugzeug aufrechtzuerhalten, das geradeaus dahinfliegt. Wenn so ein Vogel ins Trudeln gerät und auseinanderfällt, ist das Mathematische kaum noch zu berechnen. Hat man mir gesagt.

Ich umarmte Cristabel und bettete ihren blutigen Kopf auf meinen Arm. Sie war halb betäubt, vermochte aber zu lächeln und schwach mit den Schultern zu zucken. Man steckt ein, was kommt. Ich eilte in die Toilette und legte uns beide auf den Boden. Den Rücken an der vorderen Trennwand, Cristabel zwischen meinen Beinen, umgedreht. Wie bei den Übungen. Wir preßten unsere Füße an die andere Wand. Ich umarmte sie fest und weinte an ihrer Schulter.

Und da war sie. Links von mir ein grünes Leuchten. Ich warf mich vorwärts, zerrte Cristabel mit, tief geduckt, als zwei Figuren mit den Köpfen voraus über uns durch die Sperre geschleudert wurden. Hände packten uns und zerrten uns hinein. Ich krallte mich noch gute fünf Meter auf dem Boden weiter. Man kann auf der anderen Seite ein Bein zurücklassen, und ich hatte keines mehr übrig.

Ich setzte mich auf, als sie Cristabel zur Behandlung trugen. Ich tätschelte ihren Arm, als sie auf der Bahre vorbeigetragen wurde, aber sie war bewußtlos. Es hätte mir nichts ausgemacht, selbst auch ohnmächtig zu werden.

Eine Weile kann man gar nicht glauben, daß das alles wirklich geschehen ist. Manchmal stellt sich heraus, daß es gar nicht geschehen ist. Man kommt zurück und entdeckt, daß die Passagiere im Verwahrraum lautlos und schlagartig verschwunden sind, weil das Kontinuum die Veränderungen und Paradoxe nicht duldet, die man ihm zugefügt hat. Die Menschen, die zu retten man sich so geplagt hat, sind wie Tomatenketchup auf irgendeinen Berghang in Carolina geklatscht, und alles, was du noch hast, sind ein Haufen kaputter Figuren und ein erschöpfter Greifertrupp. Aber nicht diesmal. Ich konnte sehen, wie die Leute sich im Verwahrraum drängten, nackt und verwirrter denn je. Und gerade erst *dabei*, richtig Angst zu bekommen.

Elfreda berührte mich, als ich an ihr vorbeiging. Sie nickte, was in ihrem beschränkten Gestenrepertoire soviel heißt wie: gut gemacht. Ich zog die Schultern hoch und fragte mich, ob mir das etwas bedeutete, aber ich hatte immer noch das überschüssige Adrenalin in den Adern und ertappte mich dabei, daß ich sie angrinste. Ich nickte auch.

Gene stand im Verwahrraum. Ich ging zu ihm und umarmte ihn. Ich spürte, wie es in mir zu rumoren begann. *Ach, verdammt, vergeuden wir was von der Ration und amüsieren wir uns.*

Jemand hämmerte an die sterile Glaswand des Verwahrraums. Die Frau schrie, ohne daß wir sie hörten, heftig die Lippen bewegend. *Warum? Was habt ihr mit uns gemacht?* Es war Mary Sondergard. Sie flehte ihren kahlköpfigen, einbeinigen Zwilling an, ihr das begreiflich zu machen. Sie glaubte, Probleme zu haben. Mein Gott, war sie hübsch. Ich haßte sie aus ganzem Herzen.

Gene zog mich von der Scheibe weg. Meine Hände schmerzten. Ich hatte mir alle falschen Fingernägel abgebrochen, ohne das Glas auch nur anzukratzen. Sie saß jetzt auf dem Boden und schluchzte. Ich hörte über den Außenlautsprecher die Stimme des Informationsoffiziers.

»... Centauri Drei ist bewohnbar, mit einem Klima ähnlich dem der Erde. Damit meine ich *Ihre* Erde, nicht das, was aus ihr geworden ist. Sie werden später mehr davon sehen. Der Flug wird fünf Jahre dauern, nach Schiffszeit gemessen. Nach der Landung haben Sie Anspruch auf ein Pferd, einen Pflug, drei Äxte, zweihundert Kilogramm Saatgut ...«

Ich lehnte mich an Genes Schulter. An ihrem Tiefpunkt, jetzt in diesem Augenblick, ging es ihnen viel, viel besser als uns. Ich hatte vielleicht noch zehn Jahre, die Hälfte davon als bewegungsloser Krüppel. Sie sind unsere größte, unsere hellste Hoffnung. Alles hängt von ihnen ab.

»... daß niemand gezwungen wird mitzufliegen. Wir möchten, nicht zum letztenmal, erneut betonen, daß Sie ohne unser Eingreifen alle tot wären. Es gibt aber Dinge, die Sie wissen sollten. Sie können unsere Luft nicht atmen. Wenn Sie auf der Erde bleiben, können Sie dieses Gebäude nie verlassen. Wir sind nicht wie Sie. Wir sind das Ergebnis einer genetischen Aussiebung, eines Mutationsprozesses. Wir sind die Überlebenden, aber unsere Feinde haben sich mit uns weiterentwickelt. Sie sind im Begriff, zu siegen. Sie dagegen sind immun gegen die Krankheiten, die uns befallen ...«

Ich schnitt eine Grimasse und wandte mich ab.

»... wenn Sie dagegen auswandern, erhalten Sie die Chance zu einem neuen Leben. Es wird nicht leicht sein, aber als Amerikaner sollten Sie auf Ihr Erbe als Wegbereiter Stolz empfinden. Ihre Vorfahren überlebten, und das werden auch Sie tun. Das kann ein lohnendes Erlebnis sein, und ich fordere Sie dringend auf ...«

Sicher. Gene und ich sahen einander an und lachten. *Hört mal zu, Leute. Fünf Prozent von euch werden in den nächsten Tagen Nervenzusammenbrüche erleiden und nie fortgehen. Etwa derselbe Anteil wird Selbstmord begehen, hier und unterwegs. Wenn ihr dort seid, werden sechzig bis siebzig Prozent in den ersten drei Jahren sterben. Ihr werdet sterben im Kindbett, werdet von Tieren gefressen, begrabt zwei Drittel eurer Säuglinge, verhungert langsam, wenn der Regen nicht kommt. Wenn ihr am Leben bleibt, könnt ihr euch von Sonnenauf- bis -untergang hinter einem Pflug den Rücken krumm biegen. Neu-Erde ist der Himmel, Leute!*

Mein Gott, wie ich mir wünsche, mit ihnen gehen zu können.

Aus dem Amerikanischen übersetzt von
Tony Westermayr

Die Trägheit des Auges

(THE PERSISTENCE OF VISION)

Es geschah in dem Jahr, als sich die Wirtschaft zum viertenmal wieder etwas erholt hatte. Ich war erst kürzlich arbeitslos geworden. Nach den Worten des Präsidenten hatte ich aber nichts als die Angst selber zu befürchten. Zur Abwechslung nahm ich ihn also einmal beim Wort, packte meinen Rucksack und machte mich auf den Weg nach Kalifornien.

Ich war nicht der einzige. In den vergangenen zwanzig Jahren hatte sich die Weltwirtschaft am Rand des Abgrunds bewegt, das heißt also seit Beginn der sechziger Jahre.

Es war ein stetiges Auf und Ab gewesen. Das Sicherheitsgefühl, welches sich die Nation in den goldenen Jahren nach 1940 erworben hatte, war vollkommen vereitelt worden. Die Leute hatten sich daran gewöhnt, daß sie in einem Jahr reich wurden und im nächsten schon wieder stempeln mußten. Ich lebte 1981 und ab 1988 auf Kosten der Fürsorge. Diesmal beschloß ich, während meiner Arbeitslosigkeit etwas von der Welt zu sehen. Ich hatte auch daran gedacht, als blinder Passagier nach Japan zu reisen. Ich war siebenundvierzig Jahre alt, und — wer weiß — vielleicht hatte ich keine Gelegenheit mehr, sorglos zu sein.

Es war im Spätsommer des gleichen Jahres. Ich trampte auf der Autobahn, die zwei Staaten miteinander verbindet, und hatte schnell vergessen, was hinter mir lag: Chicago, wo es nur Unruhen gab, weil die Nahrungsmittel knapp waren. Nachts schlief ich in meinem Schlafsack, mit dem Sternenhimmel über mir und lauschte auf das Zirpen der Grillen.

Ich glaube, daß ich den größten Teil des Wegs von Chicago nach Des Moines zu Fuß gegangen bin. Nachdem ich ein paar Tage lang entsetzliche Blasen an den Füßen gehabt hatte, gewöhnten sich meine Füße an die langen Märsche. Ich hatte wenig Mitfahrgelegenheiten, entweder waren schon andere Anhalter da, oder es lag an der Zeit, daß man nicht so leicht mitgenommen wurde. Die Provinzbewohner waren nicht sehr erpicht darauf, Städter mitzunehmen, die ihnen vom Hörensagen als ein Haufen vor Hunger toll gewordener, potentieller Massenmörder bekannt waren. Man ist mir einmal ziemlich grob gekommen. Ich wurde mit der Verwarnung hinausgeworfen, mich ja nicht wieder in Sheffield, Illinois, blicken zu lassen.

Bald kam ich jedoch auf den Dreh, wie man sich als Anhalter am besten durchschlägt. Anfangs hatte ich ein paar Konserven von der Fürsorge bei mir. Als mein Vorrat zur Neige ging, hatte ich herausgefunden, daß man auf Bauernhöfen entlang der Straße für eine Mahlzeit arbeiten konnte.

Manchmal mußte ich harte Arbeit leisten. Bei anderen hatten die Jobs dann wiederum nur symbolische Bedeutung. Diese Leute wollten nur beweisen, daß es falsch sei, jemandem etwas umsonst zu geben. Ein paar Mahlzeiten bekam ich aber auch gratis. Man saß um den großen Tisch herum mit den Enkelkindern, während Großvater und Großmutter die schon etwas abgedroschenen Geschichten von 1929, der Zeit um die Weltwirtschaftskrise herum, auftischten. Es sei damals noch üblich gewesen, einem, der in Not geraten war, zu helfen. Ich hatte bald heraus, daß, je älter die Person war, ich um so eher damit rechnen konnte, Mitleid zu erregen. Es war einer der vielen Tricks, die man bei dieser Lebensweise lernt. Ein anderer war, daß man bei den meisten älteren Leuten alles bekommt, wenn man nur sitzen bleibt und geduldig zuhört. Ich habe mich nach einer Weile aufs Zuhören ziemlich gut verstanden.

Hinter Des Moines wurde ich öfters mitgenommen. Als wir uns den Flüchtlingslagern am Chinastreifen näherten, sah's wieder schlechter aus damit. Es waren ja erst fünf Jahre vergangen seit der Katastrophe von Omaha: Der Atomreaktor war durchgeschmolzen und eine Kernschmelze aus heißem Uran und Plutonium hatte sich seinen Weg in Richtung China gebahnt. Aber auch in entgegengesetzter Richtung wurde ein Gebiet von ungefähr sechshundert Kilometer Länge radioaktiv verseucht. Die Mehrzahl der Bewohner von Kansas City, Missouri, lebte immer noch in behelfsmäßigen Unterkünften aus Sperrholz und Wellblech, während die Stadt wieder bewohnbar gemacht wurde.

Diese Leute waren ein trauriges Kapitel. Die Solidarität, die die Menschen unmittelbar nach einer großen Katastrophe zeigen, war schon längst wieder verschwunden, und an ihre Stelle das Abgestumpftsein und die Ernüchterung von Zwangsumgesiedelten getreten. Ein großer Teil von ihnen würde für den Rest des Lebens zu gelegentlichen Krankenhausaufenthalten verurteilt sein. Und was ihr Los noch unerträglicher machte: Die Leute, die drumherum wohnten, haßten sie und fürchteten sich vor ihnen. Sie wollten nichts mit ihnen zu tun haben. Es waren Ausgestoßene, moderne Parias. Ihre Kinder wurden gemieden. Jedes Lager hatte eine andere Nummer, damit man sie voneinander unterscheiden konnte, im Volksmund hießen sie jedoch alle ›Geigerstädte‹.

Ich machte einen ziemlich weiten Umweg nach Little Rock, um nicht den verseuchten Gebietsstreifen überqueren zu müssen, obwohl es jetzt nicht mehr gefährlich war, wenn man nicht lange blieb. Von der Nationalgarde bekam ich ein Ausgestoßenenabzeichen, ein Dosimeter. Die Bewohner waren von einer rührenden Herzlichkeit, wenn ich einmal den ersten Schritt getan hatte. Ich bekam immer ein Bett, in dem ich die Nacht verbringen konnte. Das Essen in den Kantinen der Gemeinden war gratis.

Einmal in Little Rock angelangt, wich auch die Scheu von mir, mit Fremden Bekanntschaft zu schließen, die vielleicht ›verseucht‹ waren. Daher konnte ich relativ schnell Arkansas, Oklahoma und Texas durchqueren. Ab und zu arbeitete ich, aber die Fahrten waren gewöhnlich lang und ließen es nicht zu. In Texas hielten wir überhaupt nicht an. Ich sah Texas nur durch die Windschutzscheibe.

Als ich nach New Mexico kam, hatte ich die Nase voll von der Fahrerei. Ich beschloß, wieder zu Fuß zu gehen. Zu dem Zeitpunkt war es weniger das Land Kalifornien, das mich interessierte. Ich wollte meine Abenteuerlust befriedigen.

Ich ließ die Straßen hinter mir und ging querfeldein, wo keine Zäune mir den Weg versperrten. Ich merkte, daß es auch in New Mexico nicht leicht war, Stätten der Zivilisation zu meiden.

Taos, so hieß der Ort, wo ich längere Zeit blieb, war während der sechziger Jahre auf dem Gebiet der alternativen Lebensführung bahnbrechend gewesen. Zahlreiche Kommunen und Kooperativen wurden in dieser Zeit in den umliegenden Bergen gegründet. Viele davon gingen nach ein paar Monaten oder Jahren in die Brüche, andere überdauerten. Dieser Teil von New Mexico wirkte auf später gegründete Gruppen mit einer neuen Lebensanschauung wie ein Magnet, zumal wenn sie ein bißchen Geld hatten, um ihre Ideen verwirklichen zu können. Das Land war übersät mit baufälligen Windmühlen, Speichern für Sonnenenergie zu Heizzwecken und Gebäuden mit Zeltdächern. Es war ein bunt zusammengewürfelter Haufen: Die einen glaubten an Gruppenheirat, andere waren Nudisten, dann gab es aber auch Philosophen, Theoretiker, Einsiedler und solche, die von ihrer messianischen Sendung überzeugt waren, und ein paar waren ganz einfach verrückt.

Taos war phantastisch. Zu den meisten dieser Kommunen brauchte ich nur einfach hinzugehen und konnte dann einen Tag oder eine Woche lang bleiben, nach Belieben Naturreis oder Bohnen essen und Ziegenmilch trinken. Hatte ich eine Kommune dann satt, so wußte ich, daß mich ein Spaziergang von wenigen Stunden in beliebiger Richtung zur nächsten bringen würde. Dort konnte es dann sein, daß man mir anbot, eine Nacht betend oder singend zu verbringen oder an einer zeremoniellen Orgie teilzunehmen. Einige Gruppen hatten blitzblanke Schuppen mit Melkmaschinen für ihre Kühe. Andere dagegen hatten nicht einmal ein Klosett, sie verrichteten ihr Geschäft im Freien. Jede Gruppe hatte ihren besonderen Tick, in manchen kleideten sich die Mitglieder wie Nonnen oder wie die Quäker früher in Pennsylvania. Anderswo waren sie nackt, rasierten auch die Körperhaare und malten sich purpurrot an. Es gab Gruppen nur für Männer und Frauengruppen. Die Männergruppen forderten mich gewöhnlich auf zu bleiben, während bei den Frauen die Reaktionen ziemlich unberechenbar waren. Von einem Bett, das ich für die Nacht angeboten bekam, über ein gutes Gespräch bis zu einem entsicherten Gewehr vor einem Stacheldrahtzaun war alles möglich.

Aber ich maßte mir kein Urteil an. Alle diese Leute setzten sich für etwas ein, das wichtig war. Sie machten ein Experiment, das es ihnen ermöglichte, fern von Chicago zu leben, und dabei hatte ich Chicago schon als notwendiges Übel betrachtet, das genauso zum Leben gehörte wie Durchfall.

Das soll aber nicht heißen, daß sie alle Erfolg hatten. Manche waren so heruntergekommen, daß Chicago dagegen wie das Paradies aussah. Eine Gruppe meinte offenbar, daß der Rousseausche Grundsatz ›Zurück zur Natur‹ darin bestünde, im Schweinedreck zu schlafen und Nahrung zu sich zu nehmen, die kein Aasgeier mehr anrühren würde. Einige waren ganz offensichtlich zum Untergang verurteilt. Sie ließen ein paar leere Hütten zurück und das Schreckgespenst der Cholera.

Der Ort war also absolut kein Paradies. Aber es wurden auch erfolgreiche Experimente gemacht. Die eine oder andere Kommune gab es schon seit 1963 oder 1964, und sie zogen gerade ihre dritte Generation auf. Enttäuschend für mich war nur, daß gerade diese Gemeinschaften am wenigsten von den konventionellen Verhaltensformen abwichen, obwohl einige Neuerungen ganz verblüffend waren. Ich glaube, daß die radikalsten Experimente am wenigsten Aussicht auf Erfolg haben.

Ich blieb auch den Winter über. Niemand war erstaunt, mich ein zweites Mal wiederzusehen. Anscheinend kamen viele Leute nach Taos, um Einkäufe zu tätigen. Ich verbrachte selten mehr als drei Wochen bei einer Gruppe und leistete jedesmal meinen Beitrag. Ich gewann viel Freunde und erlangte Fertigkeiten, die sehr nützlich sein konnten, wenn ich einmal seßhaft würde. Natürlich spielte ich auch mit dem Gedanken, für immer bei einer Gruppe zu bleiben. Da ich mich noch nicht entschließen konnte, gaben sie mir den Rat, zuerst nach Kalifornien zu gehen und dann wiederzukommen. Sie waren überzeugt davon, daß ich zurückkommen würde.

Als dann der Frühling kam, machte ich mich auf in Richtung Westen, in die Berge. Ich blieb den Straßen fern und schlief in der freien Natur. Noch viele Nächte verbrachte ich bei Kommunen, bis sie schließlich immer weiter auseinanderlagen und dann ganz verschwanden. Der Landstrich, durch den ich nun kam, war rauher, nicht mehr so lieblich wie der, welcher hinter mir lag.

Drei bequeme Tagesmärsche von der letzten Kommune entfernt, stieß ich dann auf eine Mauer.

1964 hatte es in den Vereinigten Staaten eine Epidemie gegeben: Röteln. Röteln ist eine der harmlosesten Infektionskrankheiten. Sie wird nur dann problematisch, wenn eine Frau sich in den ersten vier Monaten der Schwangerschaft ansteckt. Die Krankheit wird auf den Foetus übertragen. Es ergeben sich Komplikationen. Taubheit, Blindheit und geistige Behinderungen des Kindes können die Folge davon sein.

1964 lebte man noch ziemlich hinter dem Mond, und Abtreibungen waren noch nicht legalisiert worden. Die Babys wurden also ausgetragen. In einem Jahr wurden fünftausend taubblinde Kinder geboren. Unter normalen Umständen sind es in den Vereinigten Staaten nur einhundertvierzig pro Jahr.

1970 waren diese potentiellen Helen Kellers sechs Jahre alt. Man begriff ziemlich schnell, daß die Ann Sullivans, die ihnen unter die Arme greifen könnten, nicht sehr zahlreich sein würden.* Vor dieser Zeit waren taubblinde Kinder in einer kleinen Anzahl von eigens dafür eingerichteten Heimen untergebracht worden.

Es war ein schweres Problem, denn nicht jeder kann mit einem taubblinden Kind umgehen. Die Schwierigkeiten fangen an, wenn man ihm sagen will, daß es still sein soll oder daß es aufhören soll zu jammern. Man kann nicht vernünftig mit ihm reden und ihm beibringen, daß das Gejammere einen wahnsinnig macht. Einige Eltern, die versuchten, ihr Kind zu Hause aufzuziehen, erlitten Nervenzusammenbrüche.

Viele der Fünftausend waren geistig weit zurückgeblieben und für immer unfähig, sich zu artikulieren. Aber man machte sich schon gar nicht mehr die Mühe, sie auf irgendeine Weise zu fördern. Die meisten kamen in anonyme Heime und Institutionen für geistig Behinderte, von denen es Hunderte gibt. Dort wurden sie von völlig überarbeiteten Schwestern zu Bett gebracht und einmal am Tag gewaschen. Ansonsten kümmerte man sich nicht um sie. Sie konnten in vollen Zügen die Freiheit genießen, in ihrer Welt der Dunkelheit und des Schweigens langsam zu verrotten. Man konnte nicht wissen, wie schlimm es um sie stand, denn sie konnten sich ja dazu nicht äußern.

Geistig gesunde Kinder wurden nun ziemlich wahllos mit geistig zurückgebliebenen zusammengepfercht, weil die Taubblinden der Außenwelt einfach nicht verständlich ma-

* Helen Keller (1880—1968), amerikanische Schriftstellerin, verlor im Alter von 19 Monaten Augenlicht und Gehör. Seit ihrem 7. Lebensjahr wurde sie von Ann Sullivan erzogen, die ihr durch das Fingeralphabet, die Blindenschrift und Fingerzeichen auf den Lippen eine erstaunlich differenzierte und blitzschnelle Verständigungsmöglichkeit schuf. — *Anm. d. Red.*

chen konnten, daß sie, abgesehen von ihrer Seh- und Hörbehinderung, vollkommen gesund waren. Sie versagten natürlich bei den Testreihen, die sie über sich ergehen lassen mußten und bei denen ihr Tastsinn geprüft werden sollte. Bei einem der Tests forderte man sie doch wirklich dazu auf, Stöpsel in entsprechende Öffnungen zu stecken, synchron zum Ticken einer Uhr, die sie aber natürlich weder sehen noch hören konnten, und die armen Unschuldslämmer ahnten nicht, daß ihr Schicksal davon abhing! Ihr ›Versagen‹ hatte zur Folge, daß sie den Rest ihres Lebens im Bett verbrachten, weil man sie für hoffnungslose Fälle hielt. Sie beklagten sich auch nicht, denn sie kannten ja keine bessere Möglichkeit, für die sie auf die Barrikaden gehen können. Hinzu kommt, daß es einem beim Protestieren hilft, wenn man sprechen und sich Luft machen kann.

Viele der Kinder verfügten über eine ganz normale Intelligenz. Sie waren dann wieder ein Tagesthema, als sie in die Pubertät kamen und sich herausstellte, daß es nicht genügend hilfsbereite Menschen gab, die mit ihnen richtig umgehen konnten. Es wurden also Gelder zur Verfügung gestellt und Lehrer ausgebildet. Die Organisationen zahlten so lange für die Erziehung der Kinder, bis sie erwachsen waren, dann würde alles wieder seinen gewohnten Gang gehen. Alle Beteiligten konnten sich nun beglückwünschen, mit einem schwierigen Problem fertiggeworden zu sein.

Die Durchführung des Plans gelang auch wirklich ganz gut. Es gibt Methoden, mit denen man Brücken zu behinderten Kindern schlagen und ihnen etwas beibringen kann. Geduld, Liebe und Engagement sind aber die Voraussetzungen dafür. Alle Absolventen der Schule beherrschten das Fingeralphabet. Einige konnten sogar sprechen, ein paar schreiben. Die meisten von ihnen lebten nach dem Verlassen der Schule bei den Eltern oder bei Verwandten. War weder die eine noch die andere Möglichkeit vorhanden, stand man ihnen bei der Wiedereingliederung in die Gesellschaft mit Rat und Tat zur Seite. Die staatlichen Möglichkeiten waren natürlich begrenzt. Nun kommt es aber auch öfters vor, daß behinderte Menschen ein ganz besonders reiches Leben haben. Nicht alle, aber der größte Teil der Schulabgänger war relativ glücklich. Einige von ihnen erlangten sogar beinahe die seelische Ausgeglichenheit einer Helen Keller. Sie war das Vorbild dieser Unglücklichen. Andere waren verbittert und zogen sich zurück. Ein paar mußten wieder in die Anstalten zurückkehren, wo sie dann mit der Zeit nicht mehr von den übrigen Insassen zu unterscheiden waren, die ihre letzten zwanzig Jahre schon hier verbracht hatten.

Wie in jeder Gruppe gab es auch in dieser Mitglieder, die sich nicht anpaßten. Sie gehörten hauptsächlich zu den zehn Prozent, die mit ihrem IQ an der Spitze lagen. Dies war aber keine verläßliche Regel, denn auch andere, die keine bemerkenswerten Testergebnisse geliefert hatten, wollten doch unbedingt aktiv werden und die Verhältnisse ändern oder wenigstens Unruhe stiften. Bei einer Gruppe von Fünftausend konnte man sicher sein, daß ein paar Genies, ein paar Künstler, ein paar Träumer, Störenfriede, Individualisten, Wegbereiter und Gestalter darunter waren — eben ein paar Phantasten, die verrückt waren.

Eine von ihnen hätte Präsidentin werden können, wenn sie nicht blind, taub und eine Frau gewesen wäre. Sie war klug, wenn auch kein Genie. Sie war eine Träumerin und mit Schöpferkraft begabt, eine Neuerin. Sie hatte einen Traum, der Freiheit für sie und ihre Leidensgenossen verhieß. Aber sie baute keine Luftschlösser. Davon geträumt zu haben, hieß für sie, daß sie es realisieren mußte.

Die Mauer war ungefähr ein Meter 50 hoch. Sie bestand aus Steinen, die so behauen waren, daß sie genau aufeinander paßten. In ganz New Mexico hatte ich nichts Ähnliches gesehen. Die Steine, das Baumaterial, waren aber aus dieser Gegend. Gewöhnlich baut man hier keine Mauern. Wenn etwas eingezäunt werden muß, nimmt man Stacheldraht, aber meistens lassen die Leute ihr Vieh frei herumlaufen und versehen es mit Brandzeichen. Mit Mauern Besitztum einzugrenzen, war ein Brauch, den ich von New England her kannte.

Die Mauer war so massiv, daß ich es für unklug hielt, sie zu überklettern. Auf meinen Reisen war ich über viele Stacheldrahtzäune gestiegen und hatte keine Scherereien bekommen. Ich hatte zwar hie und da Wortwechsel mit Farmern, die sich dann aber meistens damit begnügten zu sagen, daß ich verschwinden sollte. So richtig wütend waren sie nicht. Hier war es anders. Ich begann, um das Grundstück herumzugehen. Da sich das Anwesen in einer Ebene befand, hatte ich keinen richtigen Aufschluß über seine Ausmaße. Aber ich konnte mir ja Zeit lassen.

Als ich auf der nächstliegenden Erhebung angelangt war, sah ich, daß ich nicht weit zu gehen hatte. Unmittelbar vor mir bildete die Mauer einen rechten Winkel. Hauptsächlich waren es Kuppelbauten, eine Konstruktionsweise, die bei den Kommunen sehr beliebt ist. Gebäude mit gewölbten Decken sind leicht zu errichten und dauerhaft. Drinnen sah ich ein paar Schafe und Kühe auf einer Weide, die so saftig grün war, daß ich am liebsten barfuß darübergegangen oder mich darin gerollt hätte. Die Mauer grenzte ein rechteckiges Stück Rasen ab. Außerhalb wuchs Gestrüpp und Salbei. Ich schloß daraus, daß diesen Leuten zur Bewässerung ihrer Ländereien Wasser aus dem Rio Grande zur Verfügung stehen mußte. Ich ging um die Ecke herum und schlenderte in westlicher Richtung entlang der Mauer.

Plötzlich sah ich einen Reiter vor mir. Unsere Blicke kreuzten sich. Er hatte sich nach Süden gewendet, machte aber kehrt, als er mich erblickte, und ritt auf mich zu.

Vom Typ her war er dunkel, mit etwas schwerfälligen Zügen. Er hatte Jeans und Stiefel an; auf dem Kopf trug er einen verbeulten Stetson. Vielleicht war er ein Navaho. Ich wußte zwar nicht viel von Indianern, aber ich hatte gehört, daß die Navahos in dieser Gegend zu Hause waren.

»Hallo«, sagte ich, als er anhielt. Er musterte mich von oben bis unten. »Bin ich auf deinem Land?«

»Gehört dem Stamm«, antwortete er. »Ja, auf unserem Land.«

»Ich habe keine Schilder gesehen . . .«

Er zuckte nur mit den Achseln.

»Ist ja okay, Junge. Du siehst nicht aus wie einer, der Vieh stiehlt.« Er grinste mich an. Seine Zähne waren groß und vom Tabak verfärbt. »Übernachtest du heute im Freien?«

»Ja. Wieviel weiter reicht das . . . hm . . . Stammesgebiet? Vielleicht bin ich vor der Dunkelheit schon drüber hinaus?«

Ernst schüttelte er den Kopf. »Nee. Du bist auch morgen noch auf unserem Gebiet. Ist ja okay. Du machst Feuer, du bist vorsichtig, ja?« Er grinste wieder und machte sich dann auf den Weg.

»Sag, was ist das?« Ich deutete auf die Mauer. Er brachte sein Pferd zum Stehen, wirbelte dabei viel Staub auf, und drehte sich nochmals um.

»Warum?« fragte er mißtrauisch.

»Weiß nicht. Bin neugierig. Sieht nicht so aus wie anderswo, hier. Besonders die Mauer ...«

Er runzelte die Stirn. »Verdammte Mauer ...« Dann zuckte er nur die Achseln. Ich dachte schon, er würde nichts mehr sagen, aber er sprach doch weiter.

»Die Leute drin haben es schwer. Wir sind zwar nicht gerade entzückt von dem, was sie tun, aber wir kümmern uns um sie, verstehst?« Er schaute mich erwartungsvoll an. Ich habe, glaube ich, nie ganz den Dreh rausgekriegt, wie man sich mit diesen einsilbigen Leuten im Westen am besten unterhält. Ich hatte immer das Gefühl, daß ich zu langatmig bin, wie ein Idiot kam ich mir vor, wenn einer von ihnen sich mit mir in einer Sprache unterhielt, die sich aus Brummen, Achselzucken und Satzfragmenten zusammensetzte und die ich absolut nicht verstand.

»Werden Gäste dort freundlich aufgenommen?« fragte ich ihn. »Vielleicht könnte ich über Nacht bleiben.«

Er zuckte wieder die Achseln, aber diesmal hatte sein Achselzucken offensichtlich eine ganz andere Bedeutung.

»Mag sein. Sie sind alle taub und blind.« Und das war alles. Mehr Unterhaltung wäre für ihn an einem Tag zuviel gewesen. Er schnalzte mit der Zunge und ritt weg.

Ich ging an der Mauer entlang, bis ich zu einem Trampelpfad kam, der sich durch ein ausgetrocknetes Flußbett hinzog, und gelangte so zu einem Tor, das offenstand. Ich begriff nicht, warum sie einen solchen Aufwand trieben, eine Mauer errichteten und dann nicht mal das Tor zumachten. Dann entdeckte ich schmalspurige Eisenbahnschienen, die einen Kreis beschrieben. Sie waren so angelegt, daß sie durchs Tor kamen, außerhalb der Mauern eine Art Wendeschlaufe bildeten und wieder in die gleiche Spur einmündeten. Entlang der Außenmauer war ein kurzes Nebengleis, das ein paar Meter lang war. Merkwürdig.

Ich blieb einige Augenblicke lang dort stehen. Ich weiß nicht, was alles bei meinem Entschluß hineinzugehen, eine Rolle spielte. Ich glaube, ich hatte es ziemlich satt, draußen zu schlafen, und sehnte mich nach einem Mahl im Kreis einer Familie. Auch würde die Sonne gleich untergehen. Im Westen zog sich das Land endlos und ohne Unterbrechung hin.

Wenn wenigstens die Autobahn in Sicht gewesen wäre. Ich hätte dann weitertrampen können. Kurzentschlossen machte ich kehrt und passierte das Tor.

Ich ging zwischen den Schienen. Auf beiden Seiten des Schienenstrangs befand sich ein niedriger Holzzaun aus waagrechten Brettern. Die Einzäunungen sahen wie Viehpferche aus. Schafe weideten auf der einen Seite. Ein schottischer Schäferhund bewachte sie. Er spitzte die Ohren und ließ mich nicht aus den Augen, als ich vorüberging.

Zu den Gebäuden vor mir war es etwa eine Meile. In der Hauptsache bestanden sie aus vier oder fünf Kuppeln. Wie Gewächshäuser waren sie aus einem durchsichtigen Material gebaut. Ich sah auch ein paar konventionelle, rechteckige Häuser. Die Flügel zweier Windmühlen drehten sich gemächlich in der Brise. Auch gab es Vorrichtungen für die Warmwasserzubereitung durch Sonnenenergie. Sie waren in Reihen aufgestellt. Es handelte sich um flache Konstruktionen aus Glas und Holz, die nicht fest im Boden verankert waren, damit sie sich nach der Sonne drehen konnten. Sie standen nun fast senkrecht und fingen die letzten Strahlen der untergehenden Sonne auf. Dann sah ich Obstbäume. Gewiß war dies der Obstgarten der Kommune.

Als ich etwa die Hälfte des Wegs zurückgelegt hatte, ging ich unter einer Brücke hindurch, welche die Weide im Osten mit der im Westen verband und für Fußgänger gedacht war. Ich war noch immer der Ansicht, daß am Eingang auch ein einfaches Tor genügt hätte.

Dann sah ich, daß mir etwas entgegenkam, das sich sehr leise auf den Schienen fortbewegte. Ich hielt an und wartete. Es war eine kleine Lok, mit der in Bergwerken Kohleladungen aus der Tiefe der Schächte heraustransportiert werden, und die man nun für die Arbeit über Tag verwendete. Sie fuhr mit einem Anhänger und war schon sehr nahe, bevor ich sie überhaupt hörte. Der Mann, der sie steuerte, war klein und begann, als er näher kam, laut und übrigens auch ziemlich falsch zu singen.

Die Lok fuhr kaum schneller als im Schrittempo. Beim Näherkommen hatte der Mann eine Hand ausgestreckt, als ob er ein Abbiegen nach links anzeigen wollte. Plötzlich wurde mir bewußt, daß er direkt auf mich zusteuerte, ohne daß er Anstalten machte, anzuhalten. Mit der Hand zählte er die

Pfosten. Ich konnte gerade noch rechtzeitig auf den Zaun klettern. Der Zwischenraum zwischen Zaun und Fahrzeug war sehr klein, nur etwa zwanzig Zentimeter. Die Hand des Mannes streifte mein Bein, als ich mich an die Wand drückte, und er hielt sofort an.

Er sprang vom Wagen, packte mich, und ich dachte schon, daß ich jetzt dran wäre. Aber er sah bestürzt aus, nicht wütend, und er tastete mich ab, um herauszufinden, ob ich verletzt wäre. Ich war verlegen, nicht deswegen, weil er mich berührte, ich hatte unüberlegt gehandelt! Der Indianer hatte mir ja gesagt, daß sie alle blind und taub wären, aber ich habe ihm wahrscheinlich nicht so recht geglaubt.

Er atmete sichtlich auf, als ich ihm verständlich machen konnte, daß ich mir nicht weh getan hätte. Mit deutlichen Gesten machte er mir klar, daß ich nicht auf dem Weg bleiben könnte, sondern daß ich über den Zaun klettern und querfeldein weitergehen sollte. Er wiederholte seine Bewegungen mehrmals, um ganz sicher zu gehen, daß ich auch verstanden hatte. Er half mir über den Zaun, vor allem, um sich zu vergewissern, daß ich auch wirklich aus dem Weg sei. Er faßte über den Zaun, packte mich an den Schultern und lächelte mich an. Er deutete auf den Weg und schüttelte den Kopf, dann zeigte er auf die Gebäude und nickte dabei. Er berührte meinen Kopf und war zufrieden, als ich durch Kopfnicken anzeigte, daß ich verstanden hatte. Dann kletterte er wieder auf die Lok und ließ den Motor anspringen. Er nickte in die Richtung, die ich einschlagen sollte. Danach fuhr er weiter.

Ich überlegte mir, was zu tun sei. Die Vernunft gebot mir umzukehren, über die Viehweide zur Mauer und in Richtung Berge zu gehen. Diese Leute wollten mich vermutlich gar nicht um sich haben. Außerdem war auch nicht sicher, ob ich mich mit ihnen verständigen konnte. Vielleicht war ich ihnen lästig. Der Gedanke an eine Gemeinschaft von Taubblinden faszinierte mich natürlich, was kein Wunder war. Ich wollte sehen, wie sie das Ganze deichselten. Ich konnte noch immer nicht glauben, daß sie alle taubblind waren. Es war einfach unvorstellbar.

Der Schäferhund schnupperte an meinen Hosen. Ich schaute auf ihn hinab, und er wich zurück. Vorsichtig näherte er sich mir wieder, als ich die offene Hand hinhielt, die er beschnupperte und ableckte. Nachdem ich ihm den Kopf getätschelt hatte, jagte er wieder zu den Schafen zurück.

Ich ging auf die Gebäude zu.

Auch bei den Taubblinden stand die Regelung der finanziellen Angelegenheiten an erster Stelle.

Keiner der Studenten wußte aus Erfahrung sehr viel darüber. Was die Theorie anbetraf, so konnten sie sich in der Bibliothek mit Hilfe von Braille-Büchern informieren.

Sehr schnell wurde klar, daß, als es um Geld ging, auch Anwälte herangezogen werden mußten. Die Taubblinden schrieben Briefe. Sie überprüften die Antwortschreiben und wählten ihren Rechtsvertreter aus.

Damals waren sie in einer Schule in Pennsylvania. Die ursprüngliche Schülerzahl in den Spezialschulen hatte sich von fünfhundert auf siebzig verringert, als die Leute von der Schule abgingen, um bei Verwandten zu leben, oder andere Lösungen für ihre ganz speziellen Probleme fanden. Von diesen siebzig hatten einige Möglichkeiten, irgendwo unterzukommen, von denen sie aber keinen Gebrauch machen wollten. Andere hatten wiederum keine andere Wahl. Ihre Eltern waren entweder tot oder wollten nicht mit ihnen zusammenleben. So hatte man die siebzig aus verschiedenen Teilen des Landes in dieser Schule zusammengezogen. Natürlich machte man sich auch Gedanken darüber, was mit ihnen zu geschehen habe. Die Behörden hatten Pläne mit ihnen, aber die Schüler kamen ihnen mit ihrem eigenen Projekt zuvor.

Jedem von ihnen stand seit 1977 ein jährliches Einkommen zu. Da sie aber unter der Vormundschaft des Staates standen, hatten sie das Geld nicht bekommen. Sie ließen ihren Anwalt vor Gericht klagen. Er kam mit der gerichtlichen Entscheidung zurück, daß sie den Betrag nicht kassieren könnten. Sie legten Berufung ein und gewannen. Das Geld wurde rückwirkend mit Zinsen ausbezahlt. Es handelte sich um eine ganz beachtliche Summe. Sie dankten ihrem Anwalt und beauftragten nun einen Grundstücksmakler. In der Zwischenzeit erweiterten sie ihre Kenntnisse durch Lesen.

Sie lasen etwas über Kommunen in New Mexico und wiesen ihren Grundstücksmakler an, sich dort nach einem geeigneten Grundstück für sie umzusehen. Er schloß einen Vertrag mit dem Navaho-Stamm über einen Landstreifen, der auf unbegrenzte Dauer abgetreten wurde. Sie lasen viel über dieses Land und stellten fest, daß es nur durch die Zuleitung von größeren Wassermengen so fruchtbar würde, wie es zur Verwirklichung ihrer Ziele notwendig war.

Sie teilten sich in Gruppen, die ausarbeiten sollten, welche Schritte getan werden müßten, um die Autonomie ihrer Gemeinschaft zu wahren.

Wasser könnte man durch Anzapfen der Kanäle, die Stauwasser vom Rio Grande in das urbar gemachte Land im Süden leiteten, zuführen. Es ergab sich, daß durch ein kompliziertes System von Bestimmungen sogar Bundesgelder für das Projekt zur Verfügung standen. Das Landwirtschaftsministerium, wie auch die Abteilung für Indianerfragen im Innenministerium, wurden eingeschaltet. Auf alle Fälle mußten die Taubblinden sehr wenig für ihre Wasserleitung bezahlen.

Das Land, das ausgetrocknet war, würde man nach reichlicher Düngung in brauchbares Weideland für Schafe umwandeln können. Die Aufwendungen für den Dünger könnten im Rahmen des Programms für die wirtschaftliche Erschließung ungenutzter Gebiete subventioniert werden. Die Aussaat von Klee würde dann den Boden mit den notwendigen Nitraten versorgen.

Es gab eine Methode, die Landschaft ohne umweltfeindliche Mittel, wie Kunstdünger und Insektizide, zu betreiben: das Recycling. Sonnenenergie und Wasser sind die Ausgangsbasis. Sie kurbeln den Kreislauf an. Wolle, Fisch, Gemüse, Äpfel, Honig und Eier sind die Grundprodukte. Das Entscheidende dabei ist, daß der Boden genutzt, aber nicht ausgelaugt wird, weil man die Abfallprodukte in Form von Dünger wieder dem Boden zuführt. Die Taubblinden waren nicht an einem Einsatz von Mähdreschern oder einer Schädlingsbekämpfung mit chemischen Mitteln und Insektenvernichtungsflugzeugen interessiert. Sie wollten nicht einmal einen Gewinn, sondern lediglich eine ausreichende Versorgung.

Die Probleme, die zu lösen waren, wuchsen ins Unermeßliche. Die Initiatorin des Projekts und Anführerin der Taubblinden bei seiner Realisierung war eine energiegeladene junge Frau namens Janet Reilly. Ihr Durchhaltevermögen war erstaunlich. Sie verstand nichts von den Strategien, die

Generäle und Topmanager bei der Durchführung großer Pläne anwenden. Sie mußte ihre eigenen Kampfmethoden entwickeln, die den besonderen Bedürfnissen ihrer Gruppe angepaßt waren und ihre Behinderung berücksichtigten. Sie setzte Arbeitsgemeinschaften für die unterschiedlichsten Sachgebiete wie Recht, Wissenschaft, Gesellschaftsplanung, künstlerische Gestaltung, Geschäftsführung, Logistik und Bauplanung ein. Sie mußten die Lösungen überprüfen, zu denen man hinsichtlich ihres Projekts schon gelangt war. Sie selber war der Koordinator und behielt alles im Kopf. Notizen mußte sie sich keine machen.

Auf dem Gebiet der Gesellschaftsplanung wuchs sie über den Rang der vorzüglichen Organisatorin hinaus und bewies prophetische Fähigkeiten. Ihre großartige Idee war nämlich, daß ihre Gruppe zu einer von Grund auf neuen Lebensweise kommen sollte, die nicht mehr eine Imitation derjenigen ihrer sehenden und hörenden Kameraden war. Sie wollte eine Lebensform für die Taubblinden durchführen, indem sie für eine alternative Lebensführung eintrat. Sie prüfte die Sitten und Bräuche. Von der Heirat angefangen bis zur Erregung öffentlichen Ärgernisses, befaßte sie sich mit allen menschlichen Problemen. Sie wollte herausfinden, was für sie und ihre Freunde wichtig war. Natürlich wußte sie auch, daß der Versuch Gefahren mit sich bringen mußte, aber es war ihr egal. Die Arbeitsgemeinschaft, die sich mit ›Sozialem‹ beschäftigte, informierte sich über jede autonome Gruppe, die es bisher gegeben hatte. Sie berichteten ihr, warum diese Gruppe Erfolg gehabt, die andere aber versagt hatte. Unter Zuhilfenahme ihrer Lebenserfahrung mußte sie nun das an Information herausfiltern, was den Bedürfnissen und Zielen dieser ganz spezifischen Gruppe von Menschen ohne Augenlicht und Gehör entsprach.

Es häuften sich immer mehr Details an. Sie bestellten eine Architektin, die ihre gestalterischen Ideen in Braille-Entwürfe umsetzen sollte. Langsam nahmen die Pläne Gestalt an. Sie investierten noch mehr Geld. Die Bauarbeiten begannen und wurden von ihrer Architektin, die nun aus lauter Begeisterung für das Vorhaben kostenlos arbeitete, an Ort und Stelle überwacht. Es war ein glücklicher Zufall für die Blinden, denn sie brauchten jemanden auf der Baustelle, dem sie trauen konnten.

Sie waren zu weit weg, um selber eingreifen zu können.

Als der Zeitpunkt zur Umsiedelung gekommen war, bekamen sie Schwierigkeiten mit den Behörden. Das hatten sie zwar vorhergesehen, aber es war trotzdem ein schwerer Schlag für sie. Soziale Organisationen, die damit beauftragt waren, über ihr Wohlergehen zu wachen, bezweifelten, ob ihr Vorhaben sinnvoll wäre. Als man aber sah, daß Vernunftgründe nichts nützten, setzte man alle Hebel in Bewegung, um die Verwirklichung ihres Vorhabens zu vereiteln. Schließlich wurde der Befehl gegeben, die Taubblinden zu ihrem eigenen Wohl einzusperren, und man verbot ihnen, die Schule zu verlassen. Damals waren sie schon einundzwanzig, aber man hielt sie für unfähig, ihr eigenes Schicksal in die Hand zu nehmen. Man berief eine Expertenkonferenz ein.

Sie konnten von Glück reden, daß sie immer noch Kontakt mit ihrem Rechtsanwalt hatten. Von Janets phantastischer Vision angesteckt, verfocht er ihre Sache mit leidenschaftlichem Eifer. Es gelang ihm, eine gerichtliche Entscheidung über die Rechte für Personen in Heilanstalten zu erwirken, die übrigens später vom Obersten Gerichtshof gebilligt wurde, und die weittragende Auswirkungen in staatlichen und Kreiskrankenhäusern hatte. Die Organisationen, die gegen das Projekt der Taubblinden waren, gaben nach, als sie sahen, daß sie nur in neue Schwierigkeiten geraten würden. Schon die erste Entscheidung des Gerichts hatte sie in eine mißliche Lage gebracht, weil sie für die schlechten Unterbringungsmöglichkeiten so vieler Patienten im ganzen Land verantwortlich waren.

Nun war genau ein Jahr seit dem Stichdatum vergangen, das sie für ihre Umsiedelung vorgesehen hatten. Es war Frühling 1986 geworden. Ein Teil des Düngers war von ihrem Land weggeschwemmt worden, weil sie keinen Klee gesät hatten, der dies verhindert hätte. Zur Aussaat war es schon zu spät, und sie hatten kein Geld mehr. Trotzdem machten sie sich nach New Mexico auf und begannen die Herkulesarbeit, alles in Gang zu bringen. Die Gruppe zählte fünfundfünfzig Personen, darunter waren neun Kinder, die zwischen drei Monaten und sechs Jahren alt waren.

*

Ich weiß nicht, was ich erwartet hatte. Ich erinnere mich noch daran, daß die Kommune der Taubblinden eine große Überraschung für mich war, entweder weil sie so normal oder weil sie so anders war. Keine meiner verrückten Vermutungen, wie so etwas aussehen würde, erwies sich als richtig. Dabei muß man natürlich bedenken, daß ich damals die Geschichte der Taubblindenkommune noch nicht kannte, sondern sie erst später nach und nach erfuhr.

Ich war erstaunt, als ich in einigen der Gebäude Lichter sah. Ich hatte natürlich anfänglich vermutet, daß sie keine brauchten. Es war ein Beispiel für etwas, das so normal war, daß es mich überraschte.

Dann die Abweichungen. Das erste, was mir bei der Ankunft auffiel, war der Zaun, der zu beiden Seiten der Bahnstrecke entlanglief. Er interessierte mich so sehr, weil ich ja beinahe deswegen einen Unfall gehabt hätte. Ich gab mir alle Mühe, das Phänomen dieser besonderen Einrichtungen zu verstehen, was wirklich notwendig war, wenn ich bei den Blinden bleiben wollte, und sei es auch nur für eine Nacht.

Die Holzzäune liefen auch im Innern weiter, den Geleisen entlang, bis zu einem Schuppen. Die Schienen machten dort den gleichen Wendebogen wie vor dem Tor. Die Gleisanlage war durch den Zaun vom übrigen Gelände abgetrennt. Den einzigen Zugang bildete eine Laderampe in der Nähe des Schuppens und eine Pforte nach draußen. Es war alles sehr sinnvoll eingerichtet, denn ein Blinder konnte ein solches Gefährt ja nur fortbewegen, wenn er die Gewißheit hatte, daß niemand auf den Schienen war. Die Leute hier würden *niemals* über die Gleise gehen, weil es keine Möglichkeit gab, sie vor einem herannahenden Zug zu warnen.

Als ich auf die Gebäude zuschritt, sah ich Menschen, die umhergingen. Wie ich erwartet hatte, nahmen sie keine Notiz von mir. Sie bewegten sich erstaunlich schnell vorwärts, einige von ihnen rannten beinahe. Ich stand still und paßte auf, daß ich mit keinem zusammenstieß. Bevor ich mehr wagen konnte, mußte ich herauskriegen, wie sie es anstellten, daß sie sich nicht gegenseitig über den Haufen rannten.

Ich bückte mich und untersuchte den Boden. Das Tageslicht ließ schon nach, aber trotzdem fielen mir sofort betonierte Wege auf, die kreuz und quer durch das Gebiet liefen. Jeder hatte sein besonderes Reliefmuster, das in den Belag eingedrückt worden war, bevor es hart wurde: Linien, Wellenlinien, Vertiefungen, abwechselnd glatte und rauhe Stellen. Ich begriff sehr schnell, daß die Bewohner, die es eilig hatten, nur auf diesen Wegen gingen. Es mußte sich um eine Art Verkehrsmuster handeln, das die Taubblinden mit den Füßen abtasteten. Ich richtete mich wieder auf. Ich mußte ja nicht ganz genau wissen, wie es funktionierte. Es genügte schon, daß ich verstanden hatte, um was es sich handelte, und daß ich mich von diesen Wegen fernhalten mußte.

Die Leute hatten nichts Außergewöhnliches an sich. Einige von ihnen hatten nichts an. Daran hatte ich mich schon gewöhnt. Ich kannte den Brauch von anderen Kommunen. Sie waren von unterschiedlichem Aussehen, schienen aber alle etwa in demselben Alter zu sein, mit Ausnahme der Kinder natürlich. Daß sie blind waren, konnte man nur daraus ersehen, daß sie nicht anhielten, sprachen oder einander zuwinkten, wenn sie aufeinander zugingen. Ich sah, daß sie, an Wegkreuzungen angekommen, sofort wußten, wo sie sich befanden und automatisch ihre Geschwindigkeit beim Überqueren verringerten. Wie sie das feststellten, war mir ein Rätsel. Es mußte ein ganz ausgeklügeltes System sein.

Ich wollte mich mit jemandem verständigen, da ich — ein Eindringling — nun schon beinahe eine halbe Stunde dort war. Ich fühlte mich wie ein Dieb. Aber ich hatte mir, glaube ich, falsche Vorstellungen über die Sensibilität dieser Gruppe gemacht.

Ich ging für kurze Zeit neben einer Frau her, die sehr zielstrebig ausschritt — oder wenigstens den Anschein erweckte. Sie hatte etwas gespürt, vielleicht meine Schritte. Sie wurde ein bißchen langsamer, und ich tippte ihr auf die Schulter, weil mir nichts Besseres einfiel. Sie blieb ganz plötzlich stehen und wandte sich mir zu. Ihre Augen starrten ins Leere. Ihre Hände tasteten mich ab. Sie strichen mir zart und flink über Gesicht, Brust und Hände. Sie betasteten meine Kleidung. Ich hatte keinen Zweifel, daß sie vom ersten Moment, vom ersten Antippen an gewußt hatte, daß ich ein Fremder war. Aber sie lächelte mich herzlich an und umarmte mich. Ihre Hände waren sehr zart und warm, voller Gefühl, obwohl sie Schwielen dran hatte.

Indem sie auf ein bestimmtes Gebäude zeigte, Eßbewegungen mit einem nichtvorhandenen Löffel machte und eine Ziffer auf ihrer Uhr berührte, gab sie mir zu verstehen, daß das Abendessen in einer Stunde serviert würde und ich dazu eingeladen wäre. Ich nickte und lächelte unter der Berührung ihrer Finger. Sie küßte mich und eilte weg.

Nun, die erste Kontaktaufnahme war ja gar nicht so schlimm gewesen, wie ich sie mir vorgestellt hatte. Später erfuhr ich, daß die Frau durch das Berühren viel mehr über mich erfahren hatte, als ich ihr durch Zeichen zu verstehen gegeben hatte.

Aber ich ging noch nicht in den Speisesaal. Ich sah mich noch ein bißchen um draußen, auf dem Anwesen der Taubblinden. Der Schäferhund kehrte mit den Schafen in den Pferch zurück, weil es Nacht wurde. Er schleuste die Schafe sehr geschickt durch das offene Tor, ohne daß ein Schäfer sich eingemischt hätte. Einer der Bewohner schloß sie dann ein. Er bückte sich, kraulte den Hund und bekam als Dank dafür seine Hand abgeleckt. Als die Schafe eingepfercht waren, kam der Hund wieder zu mir und schnupperte an meinen Hosen. Den Rest des Abends lief er hinter mir her.

Alle machten einen so geschäftigen Eindruck, daß ich erstaunt war, eine Frau auf einem Geländer sitzen zu sehen, die offensichtlich nichts tat. Ich ging zu ihr hin.

Als ich näher kam, sah ich, daß sie jünger war, als ich gedacht hatte. Ich erfuhr später, daß sie erst siebzehn war. Sie hatte nichts an. Ich berührte sie an der Schulter, und sie sprang vom Geländer herunter und unterzog mich der gleichen Prozedur wie die andere Frau, indem sie mich ohne Scheu abtastete. Dann nahm sie meine Hand, und ich spürte, wie ihre Finger schnell über meine Handfläche strichen. Ich verstand nicht, konnte mir aber denken, was es heißen sollte. Ich zuckte die Achseln und probierte andere Gesten aus, um anzuzeigen, daß ich das Fingeralphabet nicht beherrschte. Sie nickte und strich dabei immer noch nachdenklich mit der anderen Hand über mein Gesicht.

Sie fragte mich, ob ich zum Abendessen hierbleiben würde. Sie wollte wissen, ob ich von einer Universität käme. Wer meint, daß es leicht sei, so etwas durch Körperbewegungen auszudrücken, soll es versuchen. Aber sie war so graziös in ihren Bewegungen, daß es ein Genuß war, ihr zuzuschauen. Ich war fasziniert von der Geschicklichkeit, mit der sie mir ihre Gedanken mitzuteilen vermochte. Es war zugleich Sprache und Ballett.

Ich machte ihr verständlich, daß ich nicht von einer Universität sei. So gut ich konnte, versuchte ich ihr zu erklären, was ich machte. Wenn ich mich unklar ausdrückte, wurde sie unruhig und kratzte sich am Kopf. Mit der Zeit wurde ihr Gesicht immer freundlicher, und sie amüsierte sich über meine Verrenkungen. Sie stand sehr nahe bei mir und berührte mich die ganze Zeit über mit den Händen. Schließlich stemmte sie die Arme in die Hüften.

»Ich glaube, dir fehlt einfach die Praxis«, sagte sie. »Wenn's dir recht ist, sprechen wir jetzt. Sonst werde ich noch verrückt.«

Wie von der Tarantel gestochen sprang ich auf. Das Berühren erschien mir nun, da es sich um ein Mädchen handelte, das nicht taubblind war, in einem ganz anderen Licht. Ich rückte unwillkürlich ein bißchen weg von ihr, aber sie ließ ganz unbefangen ihre Hände dort, wo sie gerade waren. Sie sah verwirrt aus und erriet dann tastend, was mit mir los war.

»Tut mir leid«, sagte sie. »Du hast gedacht, ich wäre taubblind. Wenn ich's geahnt hätte, hätte ich's dir gleich gesagt.«

»Ich habe gedacht, alle hier sind behindert.«

»Nur die Eltern. Ich bin eins von den Kindern, die alle ganz gut sehen und hören. Sei nicht so nervös. Wenn du das Berühren nicht ertragen kannst, wird es für dich hier unangenehm werden. Entspanne dich, ich tu' dir ja nichts.« Ihre Hände tasteten mich auch weiterhin ab, besonders das Gesicht. Ich konnte zu der Zeit kein Verständnis für diese Art der Kommunikation aufbringen. Ich glaubte aber, daß wenigstens kein Sex mit im Spiel war. Später stellte sich dann heraus, daß ich mich getäuscht hatte. Aber es handelte sich jedenfalls nicht um die plumpe Art.

»Du wirst mich hier noch brauchen, um dich einzugewöhnen«, meinte sie und schlug den Weg zu den gewölbten Gebäuden ein. Sie hielt meine Hand fest und ging dicht neben mir. Ihre freie Hand ertastete sich jedesmal, wenn ich sprach, den Ausdruck meines Gesichts.

»Die erste Regel hier ist: Bleib den Betonwegen fern. Das ist, wo . . .«

»Das habe ich auch schon rausgekriegt.«

»Stimmt das? Wie lange bist du schon hier?« Ihre Hände erforschten mein Gesicht mit erneutem Interesse. Der Himmel war ziemlich dunkel.

»Noch keine Stunde. Ich wäre beinahe von der Lok überfahren worden.«

Sie lachte, entschuldigte sich dann aber und bemerkte, daß es gewiß nicht lustig für mich gewesen sei.

Ich sagte ihr, daß ich jetzt auch schon fast darüber lachen konnte, nicht aber zu dem Zeitpunkt, wo ich beinahe den Unfall gehabt hätte. An dem Tor sei ein Warnschild angebracht, meinte sie, aber ich sei eben unglücklicherweise zu einer Zeit angekommen, als das Tor offen gestanden habe und ich es nicht sehen konnte. Das Öffnen und Schließen des Tors war offenbar ferngesteuert.

»Wie heißt du?« fragte ich sie, als wir uns dem weichen gelben Lichtschein näherten, der aus dem Speisesaal fiel.

Man merkte ihrer Hand an, daß sie überlegte. »Oh, ich weiß nicht. Ich habe einen Namen, nein eigentlich mehrere. Aber sie sind alle in Körpersprache. Ich bin ... Rosa. Ich glaube, es heißt auch in der Übersetzung ›Rosa‹.«

Der Name kam nicht von ungefähr, er hatte eine Geschichte. Sie war das erste Kind gewesen, das in der Gruppe geboren wurde. Sie hatten gelernt, daß Babys im allgemeinen eine rosafarbene Haut hätten. So nannte man sie ganz einfach ›Rosa‹. Für die Blinden ›fühlte sie sich rosa an‹. Als wir ins Haus traten, sah ich, daß ihre Haut gar nicht rosa war. Ihr Vater oder ihre Mutter mußte schwarz gewesen sein. Sie war dunkelhäutig, hatte blaue Augen und lockiges Haar, das heller als ihr Teint war. Sie hatte eine breite Nase, aber schmale Lippen.

Sie fragte mich nicht nach meinem Namen, und so sagte ich ihn ihr auch nicht. Übrigens fragte mich niemand danach während meines Aufenthaltes bei den Taubblinden. Aber sie gaben mir viele Namen in Körpersprache, und wenn mich die Kinder riefen, hieß es nur: »He, du!« Sie hatten kein großes sprachliches Ausdrucksvermögen zur Verfügung und hätten mit meinem Namen nichts anfangen können.

Der Speisesaal befand sich in einem rechteckigen Gebäude aus Ziegelsteinen, das mit einem der großen Gewölbebauten verbunden und nur schwach beleuchtet war. Ich fand später heraus, daß man die Lampen nur für mich angemacht hatte. Die Kinder brauchten Licht nur zum Lesen. Ich hielt mich an Rosas Hand fest und war froh, jemand zu haben, der mich führte. Ich hielt meine Augen offen und meine Ohren gespitzt.

»Bei uns geht es ziemlich leger zu«, sagte Rosa. Ihre Stimme klang peinlich laut in dem großen Raum. Es redete ja sonst niemand, man hörte nur Bewegungs- und Atemgeräusche. Ein paar Kinder schauten her. »Ich will dich jetzt nicht der ganzen Runde vorstellen. Fühl dich wie zu Hause. Die Leute werden dich später befühlen, und du wirst dich dann mit ihnen unterhalten. Du kannst dich an der Tür ausziehen, wenn du willst.«

Ich zog mich aus und empfand es nicht als peinlich. Alle anderen waren auch nackt. In der Zwischenzeit war ich sehr anpassungsfähig geworden, was die jeweiligen Gepflogenheiten der Kommunen anbetraf. Man zieht sich in Japan die Schuhe aus, in Taos die Kleider. Ich sehe darin wirklich keinen so großen Unterschied. Nun, aber der eigentliche Gegensatz lag im Berühren, das für die Blinden das primäre Kommunikationsmittel ist. Jeder berührte jeden. Es war genauso eine Routinesache wie das Blickewerfen bei den Sehenden. Jeder berührte zuerst mein Gesicht und dann den ganzen Körper in einer scheinbar grenzenlosen Naivität. Es handelte sich aber eher um eine Unbefangenheit in sexuellen Dingen. Übrigens behandelten sie mich auch anders als die übrigen Gruppenmitglieder, um mich nicht zu schockieren. Sie waren zurückhaltender. Sie faßten sich untereinander viel öfters an die Genitalien, als sie das bei mir gewagt hätten. Sie waren sehr höflich gegenüber Fremden.

Im Raum war ein langer, niedriger Tisch, um den herum die Bewohner auf dem Boden saßen. Rosa führte mich dorthin. »Siehst du die Streifen auf dem Boden, die frei sind. Dort darfst du nicht stehenbleiben und nichts liegenlassen. Es sind Gehwege. Verrücke nie etwas, ich meine damit natürlich Möbel. Wenn etwas verändert werden soll, so muß darüber auf Konferenzen entschieden werden, bei denen alle anwesend sind. Jeder muß wissen, wo sich was befindet. Das gilt auch für kleinere Gegenstände. Wenn du dir etwas nimmst, dann leg es wieder an seinen Platz zurück.«

»Aha, ich verstehe.«

Aus der Küche, die unmittelbar neben dem Speisesaal war, wurden nun Schüsseln und Platten mit verschiedenen Gerichten gebracht und auf den Tisch gestellt. Die Anwesenden begannen danach zu greifen. Sie aßen mit den Fingern. Teller gab es nicht. Bevor sie die Bissen in den Mund steckten, rochen sie ausgiebig daran. Essen war eine enorm sinnliche Beschäftigung für diese Leute. Sie aßen langsam und genießerisch.

Sie waren *großartige* Köche. Ich habe nie zuvor und nie danach so gut gegessen wie in Keller. ›Keller‹ war der Name, den ich der Kommune gab und der in etwa auch der Bezeichnung entsprach, die ihr die Bewohner in Körpersprache gegeben hatten. Als ich sie ›Keller‹ nannte, wußte jeder gleich, was damit gemeint war. Das Gemüse und die anderen Naturprodukte, die sie zur Zubereitung ihrer Speisen verwendeten, waren ganz frisch, so wie man sie in der Stadt selten bekommt. Sie kochten mit viel Geschick und Phantasie und brachten köstliche Gerichte zustande, die überhaupt keine Ähnlichkeit mit Nationalgerichten hatten, die ich kenne. Da sie improvisierten, kochten sie fast nie dasselbe.

Ich saß zwischen Rosa und dem Mann, der mich zuvor fast überfahren hätte. Es war beschämend, wie ich das köstliche Essen in mich hineinfraß! Ich konnte einfach nicht widerstehen, weil sich die Speisen so wohltuend unterschieden von dem zähen Rindfleisch ohne Geschmack und dem trockenen, biologischen Vollwertbrot, das wie Wellpappe schmeckte, die seit Wochen meine Hauptnahrung gewesen waren. Ich legte zwar schon auch Pausen ein, aber war doch vor allen anderen fertig. Ich lehnte mich vorsichtig nach hinten, weil ich nicht wußte, ob es mir schlecht werden würde, und schaute meinen Gastgebern beim Essen zu. Gott sei Dank wurde mir nicht schlecht. Ich sah, daß sie sich beim Essen gegenseitig Bissen zum Versuchen gaben, manchmal standen sie sogar auf, gingen um den ganzen Tisch herum, um einem Freund einen Leckerbissen zu geben. Zu viele bedachten mich auf diese Weise. Ich platzte schon beinahe, bis ich lernte, wie man mit dem Fingeralphabet ausdrückt, daß man bis obenhin voll sei. Allerdings galt dies nicht als besonders fein, und so lernte ich von Rosa eine höflichere Art, etwas abzuweisen, nämlich selber etwas anzubieten.

Die Folge davon war, daß ich nur noch Rosa zu essen gab und den anderen zuschaute. Meine Beobachtungen wurden genauer. Zuerst hatte ich gedacht, daß jeder für sich aß, aber ich sah bald, daß sich eine rege Unterhaltung rings um den

Tisch herum entsponnen hatte. Die Hände bewegten sich die ganze Zeit über, und zwar beinahe zu schnell, als daß man jede Bewegung hätte wahrnehmen können. Um sich gegenseitig zu verständigen, machten sie Gebrauch von ihren Handflächen, Schultern, Beinen, Armen, dem Leib, eigentlich allen Teilen ihres Körpers. Ich sah fasziniert zu, wie sich ein stillvergnügtes Gelächter, ein Lachimpuls vom einen Ende des Tischs zum anderen fortpflanzte. So wurde ein Witz weitergereicht. Es ging alles sehr schnell. Da ich genau beobachtete, sah ich die Gedanken sich förmlich bewegen und eine Person erreichen. Ich konnte genau feststellen, wann die Antwort gegeben wurde, die in entgegengesetzter Richtung die Runde machte. So wurde alles, was der Kommunikation diente, weitergegeben. Die Nachrichten verbreiteten sich wie Wellen, die sich im Wasser ausbreiten.

Man muß schon sagen, daß das Eßgelage eine ziemlich schmutzige Angelegenheit war. Wird mit den Fingern gegessen und dabei mit den Händen gesprochen, so ist man hinterher unweigerlich mit Essen beschmiert. Aber niemanden störte es hier, auch mich nicht — ich war zu sehr mit meinem Status als Außenstehender in dieser Gruppe beschäftigt und mit den Konsequenzen, die sich daraus ergaben. Mit Rosa konnte ich sprechen, allerdings war mir bewußt, daß ich es eines Tages schon schaffen würde, mich mit den Taubblinden unterhalten zu können. Die Leute waren freundlich zu mir und schienen mich auch zu mögen. Ebensowenig wie ich konnten sie aber etwas an der Tatsache ändern, daß wir Verständigungsschwierigkeiten hatten.

Hinterher gingen wir alle nach draußen, außer den paar Leuten, die abspülten. Wir duschten uns mit sehr kaltem Wasser. Ich sagte Rosa, daß ich gerne in der Küche mithelfen würde, aber sie meinte, daß ich dort nur im Wege wäre. Ich sah ein, daß ich mich in Keller nicht eher nützlich machen könnte, bevor ich nicht seine Organisation durchschaut hätte, obwohl Rosa der Ansicht war, daß ich schon lange genug dort gewesen wäre, um einen Einblick zu bekommen.

Zum Abtrocknen gingen wir wieder zurück ins Haus. Wie gewöhnlich legten die Blinden dabei eine rührende Hilfsbereitschaft an den Tag. Sie faßten es als Spiel auf und machten es sich zum Geschenk, sich gegenseitig abzutrocknen.

Dann gingen wir alle zusammen in den Gesellschaftsraum

mit dem Kuppeldach.

Drinnen war es warm und dunkel. Trotz des Lichts, das vom Flur, der zum Speisesaal führte, hereindrang, schienen die Sterne mit unvermindertem Glanz durch das Gitter von dreieckigen Scheiben, aus denen die Kuppel konstruiert war. Man fühlte sich beinahe, als ob man im Freien wäre.

Rosa erklärte mir rasch die Sitzordnung in diesem Raum, die eigentlich ganz einfach war. Aber dennoch saß ich ziemlich verkrampft da, um ja nicht mit meinen Armen und Beinen einen der Gehwege zu versperren und womöglich jemanden darüberstolpern zu lassen.

Als ich nun die Geräusche von Leuten hörte, die sehr zärtlich miteinander waren, von Körpern, die sich aneinander rieben, war es mir, als ob ich an einer Sexorgie teilnähme. Ich kannte das Phänomen von anderen Kommunen, und das hier waren die gleichen Symptome. Und doch hatte ich mich getäuscht, wie sich sehr bald herausstellte. Allerdings gelangte ich dann später zu der Erkenntnis, daß ich das Geschehen damals doch nicht so ganz falsch beurteilt hatte.

Was meine Wertmaßstäbe vollkommen durcheinanderbrachte, war, daß die Kommunikation in dieser Gruppe sich ganz einfach wie eine Orgie ausnehmen *mußte.* Als meine Wahrnehmung später durch das Zusammenleben mit den Taubblinden geschärft war, kam ich zu dem Schluß, daß es wirklich unsinnig ist, zwischen der Kommunikation, die darin besteht, daß ein paar hundert Menschen sich mit aller erdenklichen Zärtlichkeit Zeichen geben und dem eigentlichen Liebesakt zu unterscheiden, denn auch er ist Körpersprache.

›Orgie‹ ist dabei auch nicht in abwertendem Sinne gebraucht. Mit diesem Ausdruck sollte lediglich das intime Beisammensein einer größeren Anzahl von Menschen gekennzeichnet werden. Eigentlich mag ich das Wort nicht, weil es einen negativen Beigeschmack hat. Da ich schlechte Erfahrungen mit Orgien in anderen Kommunen gemacht hatte, war ich etwas befangen und atmete auf, als ich sah, daß es sich doch nicht um eine Orgie im üblichen Sinne handelte. Ich hatte welche mitgemacht, die wirklich stinklangweilig waren — den Leuten in Keller hatte ich etwas Besseres zugetraut.

Viele versuchten, durch das Gewühl zu mir vorzudringen

und meine Bekanntschaft zu machen. Es kamen aber nie zwei zur gleichen Zeit zu mir. Anscheinend wußten sie immer genau Bescheid darüber, was um sie herum vor sich ging. Sie warteten, bis sie an der Reihe waren, um sich mit mir zu unterhalten. Damals wußte ich das natürlich noch nicht. Rosa saß neben mir und dolmetschte die schwierigeren Gedankengänge. Ganz langsam ersetzte auch ich Hören und Sehen durch den Tastsinn, und Rosas verbale Erklärungen erübrigten sich mit der Zeit. Die Mitglieder der Kommune glaubten mich erst dann kennengelernt zu haben, wenn sie mich vollständig abgetastet hatten. Es gab keinen Augenblick, in dem ich nicht von jemandem befühlt wurde. Auch ich machte schüchterne Tastversuche. Kein Wunder, daß ich von dem ständigen Abgetastetwerden so sehr sensibilisiert wurde, daß ich eine Erektion hatte. Ich genierte mich und ärgerte mich über meine Unfähigkeit, die Sexualität bei dieser Art von Kommunikation auszuklammern. Die Unterhaltung sollte vom Verstand her gesteuert sein, wie es scheinbar bei den anderen der Fall war. Man kann sich denken, wie schockiert ich war, als ich bemerkte, daß neben mir ein Paar tatsächlich kopulierte. Ganz offensichtlich hatten sie schon die vergangenen zehn Minuten damit zugebracht, aber ihr Treiben fügte sich so harmonisch in das Ganze ein, der Liebesakt hatte sich so zwanglos ergeben, daß ich mir zunächst nicht einmal sicher war, ob ich überhaupt richtig gesehen hatte.

In Keller erging es mir nämlich laufend so, daß ich, kaum zu einer richtigen Beobachtung gelangt, auch schon wieder daran zu zweifeln begann. Liebten sie sich denn auch wirklich? Die Bewegungen waren extrem langsam, und man konnte bei der Düsternis im Raum schlecht sehen. Aber sie hatte die Beine angezogen, und er lag auf ihr. Ich kam mir ein bißchen albern vor bei meinen Mutmaßungen, aber wollte es nun genau wissen. Ich mußte rauskriegen, was hier eigentlich vor sich ging. Wie sollte ich auch konsequent handeln, wenn ich die Situation nicht richtig einschätzen konnte?

Was den höflichen Umgang mit Menschen anbetraf, so war ich sehr anpassungsfähig geworden in all den Monaten, die ich in verschiedenen Kommunen verbracht hatte. In der einen hatte ich aus dem Effeff gelernt, Gebete vor dem Essen herzusagen, in der zweiten ›Hare Krischna‹ zu singen und in der dritten war ich nach kurzer Zeit ganz ohne Hemmungen nackt herumgelaufen. Ich eignete mir all das an, was man landläufig unter römischer Sittenlosigkeit versteht. Wenn man sich nicht an diese Bräuche gewöhnen kann, sollte man nicht nach Taos gehen. Ich kniete gen Mekka, wo es der Brauch war, rülpste laut nach den Mahlzeiten, schloß mich Trinksprüchen an, die auf die verschiedensten Dinge ausgebracht wurden, aß Naturreis und machte der Köchin Komplimente. Aber um es ordentlich machen zu können, muß man die eigentümlichen Gepflogenheiten der Gruppen kennen. Ich bildete mir ein, daß ich auch in Keller die Sitten und Gebräuche schon kannte, und doch änderte ich meine Meinung dreimal in nur drei Minuten. Sie verkehrten tatsächlich geschlechtlich miteinander — insofern liebten sie sich also —, aber die intensive Beschäftigung mit dem Partner beschränkte sich nicht nur darauf. Sie signalisierten sich Bedeutungen mit den Händen, die ich weder sehen noch hören konnte. Die Hände flatterten wie aufgeregte Schmetterlinge. Die Kommunikation war aber nicht nur beschränkt auf das Liebespaar, sie hatten regen Kontakt mit den Leuten, die drumherum saßen, und wenn er auch nur in einem einfachen Klaps auf die Stirn oder Schulter bestand.

Rosa sah, worauf sich meine Aufmerksamkeit konzentrierte. Sie schmiegte sich an mich, was ich aber nicht als sexuelle Ermunterung auffaßte. Auch hierin sollte ich mich täuschen; die zunächst so unschuldig wirkende Gebärde kam mir bald ziemlich zweideutig vor, sie war ebenso harmlos wie verfänglich.

»Das ist (—) und (—)«, sagte Rosa. Die Klammern stehen für eine Reihe von Zeichen, die sie mir mit den Fingerspitzen in die Hand hinein signalisierte und die die Namen der beiden Liebenden bedeuteten. Man kann sie verbal nicht wiedergeben. Rosas Name war übrigens der einzige hier in Keller, der auch in der Lautsprache sinnvoll war. Rosa berührte die Frau mit ihrem Fuß und führte komplizierte Bewegungen mit den Zehen aus. Die Frau lächelte, nahm Rosas Fuß in die Hand und übertrug darauf mit den Fingern Zeichen.

»(—) würde sich nachher gern mit dir unterhalten«, gab mir Rosa zu verstehen. »Wenn sie sich (—) ganz mitgeteilt hat. Ihr seid euch schon früher begegnet, erinnerst du dich? Sie sagt, sie mag deine Hände.«

Dies alles muß einem ziemlich verrückt vorkommen, wenn

man normal sieht und hört. Auch mir erging es so, je länger ich darüber nachdachte. Rosas Vorstellung von einer ›Unterhaltung› und meine gingen ziemlich weit auseinander. ›Sprechen‹ war für sie und die Leute in Keller ein unendlich kompliziertes System, das sozialen Austausch schlechthin bedeutete. Der gesamte Körper war das Medium dieser ganz spezifischen Kommunikation. Wie ein Lügendetektor konnte Rosa einen Ausdruck oder Gefühle aus jedem Muskelzucken ihres Gesprächspartners mit den Händen ablesen. Die Lautsprache war für sie nebensächlich. Rosa wandte sie nur in der Unterhaltung mit Außenstehenden an. ›Mitteilung‹ war für sie etwas, an dem ihr ganzes Wesen im engeren Sinne des Wortes *beteiligt* war.

Selbst dann, als ich mir schon ziemlich fortgeschritten in der Körpersprache vorkam, war mir bewußt, daß ich nicht halb so viel Einfühlungsvermögen in die Welt der Taubblinden besaß wie Rosa, und doch veränderte es meine Haltung diesen Leuten gegenüber von Grund auf. Anfangs hatte ich gedacht, daß sie eine Körpersprache hatten, bei der man sich durch Handzeichen mitteilt. Später wurde mir klar, daß alle Körperteile eine kommunikative Funktion erfüllten, und wenn es auch nur eine ganz einfache war, die aber genauso wichtig war wie die der Glühlampe bei McLuhan, die ganz einfach signalisiert ›Ich bin hier‹. Aber Gespräch blieb Gespräch, auch wenn es so weit fortgeschritten war, daß nur noch durch den Liebesakt Bedeutung übermittelt werden konnte. Es war dann eben eine Fortsetzung des Gedankenaustausches mit anderen Mitteln. Was ich nun wissen wollte, war: »Was sagen sie sich eigentlich?«

Aber selbst dann, als ich zu verstehen begann, wußte ich, daß der Inhalt des Gesprächs auf jeden Fall mein Fassungsvermögen überschreiten würde. Klar, wird man sagen, jedes Liebespaar hat seine eigene Körpersprache, besonders beim Lieben. Es ist bei Gott nichts Neues. Man sollte aber einmal versuchen, sich in diese Menschen hineinzuversetzen, die die Körpersprache in ihrer ganzen Intensität erleben können, weil sie primär vom Tastsinn her bestimmt sind. Trotz der Grenzen, die dem normalen Menschen gesetzt sind, kann man den Gedanken von hier aus weiterspinnen, wenn man nicht so vermessen ist und meint, sich mit dieser anderen Welt vollständig identifizieren zu können.

Während mir diese Gedanken durch den Kopf gingen, begann eine Frau sich für meinen Körper zu interessieren. Ihre Hände glitten über mich, tasteten sich zu meinem Penis vor. Ich bemerkte erschrocken, daß ich einen Samenerguß hatte, und wurde noch verwirrter. Die anderen überraschte dies überhaupt nicht, weil sie schon seit geraumer Zeit durch Anzeichen, die sie sich mit den Händen ertastet hatten, darauf vorbereitet gewesen waren. Sofort kamen noch mehr Zuschauer herbeigeeilt, die mich ebenfalls mit den Händen befühlten. Ich konnte sie ziemlich gut verstehen, als sie zärtliche Impulse an mich weitergaben. Der Sinn *dieser* Zeichen war mir jedenfalls sofort klar. Ich war nur einen kurzen Moment lang verlegen, dann akzeptierte ich, was vorgefallen war und entspannte mich. Das Gefühl war sehr intensiv. Lange Zeit war ich außer Atem.

Die Frau, die der Grund meines Orgasmus gewesen war, strich mir mit den Fingern über die Lippen. Sie bewegte sie sehr langsam, aber nachdrücklich. Dann gesellte sie sich wieder zur Gruppe.

»Was hat sie gesagt?« fragte ich Rosa.

Sie lächelte mich nur an. »Du hast schon verstanden. Wenn du nur nicht immer versuchen würdest, alles in Worte fassen zu wollen. Verallgemeinert ausgedrückt, hat sie damit sagen wollen: ›wie schön für dich‹ oder auch ›wie schön für mich‹. Und ›mich‹ in diesem Zusammenhang bedeutet ›uns alle‹. Du weißt, unserer Gemeinschaft liegt die Vorstellung eines Organismus zugrunde.«

Es war mir bewußt geworden, daß ich bleiben und ihre Sprache erlernen mußte.

Aber die Kommune hatte nicht nur Erfolge zu verzeichnen. Es gab auch Rückschläge. Darüber war man sich zwar schon von vornherein im klaren gewesen, aber die Bewohner von Keller hatten nicht gewußt, welcher Art sie sein würden.

Der Winter vernichtete viele Obstbäume, die daraufhin durch weniger edle Arten ersetzt wurden. Stürme verursachten Verluste an Dünger und Erde, weil der Klee noch nicht dicht genug wuchs, um sie festzuhalten. Der Arbeitsplan der Leute in Keller war durch die Gerichtsverhandlungen, die sich endlos hinzogen, durcheinandergeworfen worden. Die Folge davon war, daß ihr Vorhaben bis zum darauffolgenden

Jahr noch nicht so richtig in Gang gekommen war.

Alle Fische gingen ein. Sie machten Dünger daraus und gingen ihrem Mißerfolg auf den Grund. Sie hatten den ökologischen Drei-Stufen-Plan angewandt, der von einer Gruppe von Wissenschaftlern, die sich die ›Neuen Alchimisten‹ nannten, in den 70er Jahren eingeführt worden war: Die Ausgangsbasis waren drei überdachte Teiche — im einen waren Fische, im zweiten zerstoßene Muscheln und Bakterien im einen Teil und im anderen Algen, das dritte Becken enthielt Plankton. Wie die Experten empfohlen hatten, wurde das Wasser des ersten Teichs, das Fischabfälle enthielt, durch den zweiten gepumpt, wo es Muscheln und Algen entgiften und das darin enthaltene Ammoniak sich in Dünger für die Algen umwandeln würde. Das Wasser von den Algen wiederum wurde in den Teich mit dem Plankton geleitet, um diese Kleinstlebewesen zu füttern. Algen und Plankton zusammen wurden wieder zum ersten Becken zurückgepumpt. So gewann man das Futter für die Fische. Das durch Ammoniak angereicherte Wasser diente als Dünger für die Pflanzen in den Gewächshäusern mit den Kuppeln aus Glas. Sie untersuchten das Wasser sowie die damit gedüngte Erde und fanden heraus, daß durch Unreinheiten in den Muscheln Chemikalien freigeworden waren, die Giftstoffe enthielten und sich entlang der ökologischen Nahrungskette konzentriert hatten. Nach einer gründlichen Reinigungsaktion klappte alles beim zweiten Versuch. Aber sie hatten ihre erste ›Ernte‹ eingebüßt, für die sie bezahlt hatten.

Sie litten nie Hunger. Auch die Kälte hatten sie nicht zu fürchten. Es gab das ganze Jahr über genug Sonnenstrahlung für die Solarkraftanlagen. Die so gewonnene Energie trieb die Pumpen an den Fischteichen an. Die Fischzucht mit ihren Nebenprodukten stellte die Ausgangsbasis für ihre Ernährung dar. Mit einem Teil der Energie wurden ihre Wohnungen geheizt. Um den Energieverbrauch möglichst niedrig zu halten, waren ihre Gebäude halb in die Erde hineingebaut worden. Allerdings mußten sie nun, nach diesem ersten Jahr, einen Teil ihres Kapitals flüssig machen, weil sie mit Verlust gearbeitet hatten.

Im ersten Winter fing eines ihrer Gebäude Feuer. Zwei Männer und ein kleines Mädchen kamen in den Flammen um, weil eine Löschanlage versagte. Dies war ein großer

Schock für die Bewohner von Keller gewesen. Allzu blindlings hatten sie den Lobpreisungen der Lieferanten vertraut. Keiner von ihnen wußte im Bauwesen so richtig Bescheid, und vor allem hatten sie keine Ahnung davon, in welcher Relation geschätzte Werte zu tatsächlichen standen. Es stellte sich heraus, daß einige ihrer Installationen nicht auf dem neuesten Stand waren, und so arbeiteten sie einen Plan für regelmäßige Inspektionen aus. Bald hatten sie es so weit gebracht, daß sie über den landwirtschaftlichen Betrieb selbständige Kontrolle führen konnten, sie rissen Gebäude ab und bauten sie wieder auf. Wenn sich irgendwo elektrische Anlagen befanden, die zu kompliziert für sie waren, ließen sie die Leitungen herausreißen und dafür etwas Einfacheres installieren.

Was das Zusammenleben anbetrifft, so hatten sie weniger Rückschläge zu verzeichnen gehabt. Janet Reilly hatte angeordnet, daß es nur zwei Gebote im sozialen Bereich geben sollte, die unbedingt eingehalten werden mußten. Die erste Vorschrift bezog sich auf die Gesellschaftsform der Kommune. Eine Diktatur wurde strengstens abgelehnt. Janet Reilly weigerte sich, die Präsidentin, Vorsitzende, Anführerin der Kommune oder Oberbefehlshaberin auf Dauer zu sein. Am Anfang hatte es zwar einer starken Persönlichkeit bedurft, die den vagen Wunschvorstellungen der Taubblinden von einer Alternativlösung Profil gab, das hatte auch sie eingesehen, aber als sie dann am Ziel angelangt waren, wollte sie ihre Stellung aufgeben. So entsprach es ihren demokratisch-sozialistischen Grundsätzen. Und wenn die einmal akzeptierten Prinzipien in Keller ihren Zweck verfehlten, dann mußte eine neue Methode gefunden werden.

Das zweite Gebot bezog sich auf die Autonomie der Kommune. Die Bewohner von Keller sollten sich nichts schenken lassen. Das war einmalig, denn es hatte noch nie eine unabhängige Gemeinschaft von Taubblinden gegeben. Sie blieben auch ziemlich isoliert, weil man an sie ja nicht die Anforderungen wie an normal Sehende stellte. So konnten sie ihr Leben von Grund auf neu gestalten. Sie waren vollkommen auf sich selber angewiesen, und es gab niemanden, der ihnen verbot, etwas zu tun, nur weil es sich nicht ziemte.

Wie sie ihre Gemeinschaft gestalten sollten, war ihnen zuerst ebenso unklar wie allen anderen. Bislang hatte man ihnen eine Lebensführung aufgezwungen, die ihren Bedürfnissen nicht entsprochen hatte. Mehr wußten sie auch nicht. Sie würden nach sinnvollen Verhaltensformen suchen, nach einer ›Gesellschaftsmoral‹ für Taubblinde. Sie hatten den elementarsten moralischen Grundsatz verstanden, nämlich daß es keine absoluten Moralgesetze gibt und daß alles nur relativ zu gegebenen Umständen moralisch ist oder nicht, es kommt immer auf den gesellschaftlichen Zusammenhang an. In Keller mußte eine Gruppe von Menschen noch einmal ganz von vorn anfangen, da sie keine Vorbilder hatte, an denen sie sich orientieren konnte.

Nach Ablauf von zwei Jahren hatten sie ihre Grundsätze ausgearbeitet. Sie wandelten sie ständig ab, aber das Grundkonzept blieb unverändert. Sie kannten sich nun gegenseitig besser und hatten ihre Identität gefunden. In der Schule war dies noch nicht möglich gewesen. Das neue Selbstverständnis, zu dem sie gelangt waren, konnten sie in ihrer eigenen Sprache ausdrücken.

Den ersten Tag in Keller verbrachte ich in der Schule, was wohl eine ganz normale Sache für einen Menschen war, der das Fingeralphabet erlernen wollte.

Rosa war sehr lieb und hatte eine Engelsgeduld mit mir während des Unterrichts. Ich lernte die Grundlagen ihrer Sprache und paukte verbissen. Als der Nachmittag gekommen war, weigerte sie sich, weiterhin mit mir in der Lautsprache zu reden, sie zwang mich, meine Hände zu benutzen. Sie sprach wirklich nur dann, wenn man sie dazu drängte, manchmal war sie aber sehr eigensinnig. Nach meinem dritten Tag in Keller machte auch ich nur noch selten Gebrauch von der Lautsprache.

Das soll aber nicht heißen, daß ich plötzlich die Sprache der Taubblinden beherrschte. Am Ende des ersten Tages konnte ich das Alphabet und mich mit Mühe verständigen. Mit dem Entziffern von Mitteilungen, die man mir in die Hand hinein übertrug, hatte ich Schwierigkeiten. Lange Zeit mußte ich noch auf meine Hand schauen, weil ich nicht ›blind‹ verstehen konnte, was gemeint war. Aber wie es einem beim Erlernen jeder Sprache geht, man fängt schließlich an, in ihr zu denken. Ich spreche fließend Französisch und kann mich noch gut daran erinnern, wie verwundert ich war, als mir bewußt wurde, daß ich nicht mehr zu übersetzen versuchte, bevor ich sprach. In Keller war ich in ungefähr zwei Wochen so weit gekommen.

Eine der letzten Fragen, die ich in meiner Sprache stellte, hatte ein Problem zum Gegenstand, das mich sehr beschäftigte:

»Rosa, bin ich hier eigentlich gern gesehen?«

»Du bist nun seit drei Tagen hier. Hast du das Gefühl, daß man dich ablehnt?«

»Nein, das meine ich nicht damit. Ich will nur wissen, was ihr gewöhnlich mit Außenseitern macht. *Wie lange* bin ich hier wohl erwünscht?«

Sie runzelte die Stirn. Die Frage kam unerwartet für sie.

»Nun, wahrscheinlich, bis die Mehrheit von uns beschließt, daß wir dich nicht mehr hier haben wollen. Aber dies ist noch nie vorgekommen, und deswegen haben wir auch noch nicht darüber beraten. Keiner ist bis jetzt länger als ein paar Tage in Keller geblieben. Es kann aber sein, daß der Fall eintritt. Es ist durchaus möglich, daß sie dagegen sind und keinen Außenseiter auf die Dauer hierbehalten wollen. Du hast sicher gemerkt, sie hüten ihre Freiheit wie nichts sonst. Wie unabhängig sie sind! Du wirst dich hier kaum jemals richtig wohl fühlen. Als Gast könntest du wahrscheinlich beliebig lange bleiben.«

»Du hast von ›ihnen‹ gesprochen. Fühlst du dich nicht als zur Gruppe gehörig?«

Zum erstenmal zeichnete sich so etwas wie Unbehagen auf ihrem Gesicht ab. Ich wünschte, ich hätte die Körpersprache zu jener Zeit schon besser beherrscht, meine Hände hätten bei der Berührung mit ihr Bände gesprochen.

»Doch«, erwiderte sie, »die Kinder sind ein Teil der Gruppe. Wir sind gerne hier. Ich für meine Person kann nur sagen, daß ich bestimmt nirgendwo anders sein möchte, besonders wenn man berücksichtigt, was man so alles über die Außenwelt erfährt.«

»Das kann ich dir nicht verdenken.«

Vieles blieb unausgesprochen zwischen uns, aber ich war in der Sprache nicht geübt genug, um die richtigen Fragen stellen zu können. »Ich könnte mir aber denken, daß es ein Problem ist, wenn man selber sehen kann und die Eltern nicht. Nehmen sie es einem nicht irgendwie übel?«

Diesmal lachte sie. »Nein, absolut nicht. Sie sind viel zu unabhängig. Du hast es ja selbst gesehen. Im Grunde genommen können sie alles selber tun, sie brauchen uns nicht. Wir sind nur ein Teil der Familie. Wir tun auch nichts anderes als sie. Sehen ist nicht wichtig. Das gleiche gilt fürs Hören. Schau sie dir doch an! Was habe ich denn davon, daß ich sehe, wohin ich gehe?«

Ich mußte zugeben, daß sie recht hatte. Aber etwas verschwieg sie mir. Das merkte ich deutlich.

»Ich weiß, weswegen du dir über deinen Aufenthalt hier den Kopf zerbrichst.« Sie hatte mich zu meiner Ausgangsfrage zurückgebracht. Ich war vom Thema abgekommen.

»Ja?«

»Du hast Angst, daß du hier nicht deinen Beitrag leistest. Ich weiß, daß du sehr gewissenhaft bist und deine Pflicht tun willst.«

Wie gewöhnlich hatte sie mich richtig verstanden, und ich gab es zu.

»Du wirst aber deine Pflicht hier nicht erfüllen können, bevor du nicht ihre Sprache beherrschst und mit allen sprechen kannst. Wir setzen jetzt den Unterricht fort. Deine Fingersprache ist noch immer sehr schlampig.«

Es gab viel zu tun. Ich mußte zuerst einmal lernen, mir Zeit zu lassen. Die Menschen in Keller arbeiteten bedächtig und methodisch, machten wenig Fehler und scherten sich nicht darum, ob sie zu einer Arbeit den ganzen Tag brauchten, wenn nur das Resultat gut war. Hatte ich einen Einzeljob wie Putzen, Äpfelpflücken, Unkrautjäten, dann machte es nichts aus, wenn ich schnell damit fertig war, handelte es sich aber um Teamwork, mußte ich mir ein ganz anderes Tempo angewöhnen. Das Sehen ermöglicht es einem, die Übersicht über eine komplexe Arbeit relativ schnell zu bekommen. Ein Blinder muß immer schrittweise vorgehen, wenn das die Arbeit überhaupt zuläßt. Alles muß mit Hilfe des Tastsinns gemacht werden. Bei einer Arbeit an der Werkbank waren die Blinden allerdings sehr viel schneller als ich. Sie waren sogar so flink, daß ich oftmals meinte, mit den Zehen statt mit den Fingern zu arbeiten.

Nie erdreistete ich mich aber zu behaupten, daß ich schneller wäre als sie, weil ich sehen und hören konnte. Da hätten sie mich sicher ganz schön abblitzen lassen, weil sie die Hilfeleistungen von Sehenden als den ersten Schritt zum Verlust ihrer Unabhängigkeit betrachteten. Nun, ich wußte, daß mein Aufenthalt in Keller für sie kein einschneidendes Ereignis war.

Das brachte mir wieder die Kinder zu Bewußtsein. Mir wurde klar, daß die Beziehung zwischen Eltern und Kindern sehr gespannt sein mußte. Man sah zwar, daß sie sich sehr liebten, aber die Kinder hatten fast keine andere Wahl, als die Zurückweisung ihres Sehvermögens übelzunehmen. Wenigstens dachte ich mir das so.

Ich gewöhnte mich sehr schnell an die Routine und wurde so wie alle anderen, nicht besser und nicht schlechter, behandelt, was mir sehr willkommen war. Obwohl ich nie ein ›Kellerianer‹ sein würde, auch wenn ich es wollte, behandelten sie mich doch wie ein Mitglied, so wie sie es eben mit allen Gästen taten.

Das Leben dort draußen war viel befriedigender als in der Stadt. Diesen ländlichen Frieden gibt es zwar auch anderswo, aber in Keller war er im Überfluß vorhanden. Die Erde unter den bloßen Füßen ist etwas, was man in einem Stadtpark nicht richtig fühlen kann.

Der Tag bestand aus viel Arbeit, die einem aber viel Freude bereitete. Man mußte Hühner und Schweine füttern, sich um die Bienen und Schafe kümmern, Fische fangen und die Kühe melken. Alle arbeiteten: Männer, Frauen und Kinder. Und doch hatte man den Eindruck, daß sich keiner abrakkerte. Jeder wußte, was er zu tun hatte, wenn es irgendwo an etwas fehlte. Das Gemeinwesen funktionierte wie eine gut geölte Maschine, aber ich habe diesen Vergleich nie gemocht, besonders nicht in bezug auf Menschen. Keller war eher wie ein Organismus. In gewissem Sinne gilt das natürlich für jede Gruppe, aber dieser Organismus war gesund. Viele der anderen Kommunen, die ich besucht hatte, wiesen offenkundige Mängel auf. Wichtige Arbeiten wurden nicht ausgeführt, nur weil die Genossen zu ›high‹ waren und sich gerade nicht damit abgeben konnten, oder sie sahen in ihrer Faulheit und Ignoranz die Notwendigkeit einfach nicht ein. Aber Unwissenheit kann dann leicht so schwere Folgen wie Typhus oder Bodenerosion haben. Es kam aber auch vor, daß die Menschen erfroren und ein Heer von Sozialarbeitern kam, um ihnen die Kinder wegzunehmen. In dieser Hinsicht habe ich so einiges miterlebt!

Hier war es anders. Die Bewohner von Keller akzeptierten die Welt, wie sie ist, und gaben sich nicht mit den beschönigenden Vorstellungen ab, mit denen sich so zahlreiche andere Utopisten begnügen. Sie taten, was notwendig war.

Es gelang mir nicht, das Räderwerk des Projekts bis ins kleinste Detail hinein zu erfassen. Die Fischteiche und das damit zusammenhängende ökologische System waren schon kompliziert genug. Einmal tötete ich eine Spinne in einem der Gewächshäuser und erfuhr dann, daß man sie mit Absicht dort angesiedelt hatte, damit sie eine ganz bestimmte Art von Pflanzenschädlingen dezimierte. Ebenso war es mit den Fröschen. Dann gab es Insektenarten im Wasser, die wiederum deswegen wichtig waren, weil sie andere, schädliche Insekten fraßen. Bald war ich soweit eingeschüchtert, daß ich zögerte, eine Fliege ohne vorherige Erlaubnis zu erschlagen.

Im Lauf der Zeit erzählte man mir die Geschichte der Kommune. Man hatte auch Fehler gemacht, obwohl erstaunlich wenige. So hatten die Kommunarden zum Beispiel keine Vorsorge für ihre Verteidigung getroffen, weil sie noch nicht mit der Brutalität und der willkürlichen Gewalt konfrontiert worden waren, vor denen solche entlegenen Orte nie sicher sind. Es wäre logisch und sinnvoll gewesen, Gewehre hier draußen zu haben — aber sie hätten sie natürlich nicht benützen können.

Eines Nachts war ein Wagen mit besoffenen Rowdys gekommen. In der Stadt hatten sie von der Kommune gehört. Sie blieben zwei Tage lang, schnitten die Telefonleitungen durch, hänselten und verprügelten die Blinden und vergewaltigten ein paar von den Frauen.

Nach dem Überfall berieten die Bewohner, was zu tun sei. Sie lösten das Problem auf natürliche Weise und schafften sich Wolfshunde an. Es handelte sich dabei nicht um jene verhaltensgestörten Kreaturen, die unter der Bezeichnung ›Bluthunde‹ laufen, sondern um besonders dressierte Hunde, die für Polizei und Blinde gleichermaßen geeignet sind und aus einem Zwinger stammten, der ihnen von der Polizei in Albuquerque besonders empfohlen worden war. Sie waren ganz zahm. Wenn allerdings ein Eindringling offenkundig aggressiv wurde, dann entwaffneten sie ihn nicht nur, sondern gingen ihm gleich an die Kehle.

Wie mit den meisten ihrer Einrichtungen, hatten die Taubblinden Erfolg damit. Beim zweiten derartigen Überfall gab es zwei Tote und drei Schwerverletzte auf der Gegenseite. Als Unterstützung im Fall eines geplanten Angriffs hatten sie sich einen ehemaligen Matrosen gemietet, der ihnen die Grundlagen des schmutzigen Nahkampfes beibringen sollte. Man konnte wahrlich nicht sagen, daß sie sentimentale Blumenkinder waren.

Es gab drei vorzügliche Mahlzeiten täglich. Man arbeitete aber nicht nur, sondern hatte auch seine Mußestunden. Es war durchaus möglich, die Arbeit für ein paar Minuten zu unterbrechen, wenn etwas Besonderes los war. Ich erinnere mich, daß mich einmal eine Frau, die ich die ›Große-mit-den-grünen-Augen‹ nenne, holte, um mir die Pilze zu zeigen, die unter dem erhöhten Boden einer Scheune wuchsen, an einer Stelle, wo man gerade noch drunterkriechen konnte. Wir krabbelten also hinunter, bis wir ganz nah an den Pilzen waren. Wir rissen ein paar heraus und rochen daran. Sie zeigte mir, wie man das richtig macht. Ein paar Wochen vorher hätte ich noch gedacht, daß wir die Pilze auf diese Weise kaputtmachten. In der Zwischenzeit aber war ich von optisch-ästhetischen Urteilen abgerückt, weil sie dem eigentlichen Wesen eines Gegenstandes nicht gerecht werden. Meine Begleiterin zeigte mir, daß sich die Pilze auch nach ihrer ›Zerstörung‹ immer noch wie Samt anfühlten und angenehm dufteten. Die besten Pilze sammelte sie in ihrer Schürze und ging damit zur Küche. Nach diesem Erlebnis schmeckten sie beim Abendessen um so besser.

Ein anderes Beispiel dafür, daß man sich in Keller auch die Zeit zu etwas Außerplanmäßigem nehmen konnte, ist die Sache mit dem Mann — ich nenne ihn der Einfachheit halber ›Kahlkopf‹ —, der eine Planke anschleppte, die er und eine der Frauen in der Schreinerwerkstatt abgehobelt hatten und die er mir zeigen wollte. Ich faßte sie an. Wie glatt sie war! Ich roch daran und lobte ihn.

Eine lange Zeit der Entspannung waren dann natürlich die Stunden des abendlichen Beisammenseins.

*

Während meiner dritten Woche erfuhr ich durch Zufall etwas über meine Stellung innerhalb der Gruppe. Es war die erste richtige Prüfung, bei der herauskommen sollte, ob ich ihnen etwas bedeutete oder nicht, ob ich eine Sonderstellung hatte oder ihnen gleichgültig war. Ich bildete mir ein, ein Freund der Taubblinden zu sein, und nahm es ihnen natürlich übel, daß sie jeden, den es hierher verschlug, gleich freundlich behandelten. Ich benahm mich kindisch und ungerecht und wurde nicht einmal der Mißstimmung gewahr, die meinetwegen in der Gruppe aufkam.

Um nun aber wieder auf den Vorfall zurückzukommen: Ich hatte einen Eimer mit Wasser zu einem Feld gebracht, wo gerade ein Heister gepflanzt worden war. Es gab auch einen Wasserschlauch, der aber gerade am anderen Ende des Dorfes gebraucht wurde. Die automatische Bewässerungsanlage war zu weit weg, so daß das Bäumchen langsam vertrocknete. Ich bildete mir natürlich wieder einmal ein, es besser machen zu können, und schleppte Wasser herbei. In der Zwischenzeit hatten aber die Taubblinden bereits etwas anderes beschlossen.

Es war die Zeit der Mittagshitze. Ich holte das Wasser aus einem Leitungshahn, der sich in der Nähe der Schmiede befand. Den Eimer stellte ich hinter mich auf den Boden und streckte den Kopf unter den Wasserstrahl. Das kühle Wasser war eine Wohltat für meinen Kopf, und es war angenehm, als die Feuchtigkeit vom Hemd aufgesaugt wurde.

Ich war beinahe eine Minute lang unter dem Wasserstrahl gewesen, als ich ein lautes Geräusch hinter mir hörte. Ich knallte mit dem Kopf an den Wasserhahn, als ich zu schnell hochfuhr. Ich drehte mich um und sah eine Frau, die mit dem Gesicht nach unten im Staub ausgestreckt dalag. Sie drehte sich langsam um und hielt sich das schmerzende Knie. Mir blieb beinahe das Herz stehen, als ich sah, daß sie über den Eimer gestolpert war, den ich nachlässig auf dem Betonweg hatte stehenlassen. Man kann sich vorstellen, wie einem zumute sein muß, wenn man auf einer Straße entlanggeht und ganz sicher weiß, daß dort kein Hindernis ist, und dann plötzlich auf etwas stößt und hinfällt. Das System der Bewohner von Keller konnte nur funktionieren, wenn sie ein absolutes Vertrauen in jeden setzen konnten. Alle mußten zu jeder Zeit für ihre Handlungen haften. Man hatte mich in dieses Vertrauensverhältnis mit einbezogen, und ich hatte es gebrochen. Mir war richtig schlecht.

Die Frau hatte eine häßliche Schnittwunde am linken Knie, aus der Blut heraussickerte. Auf dem Boden sitzend, tastete sie die Wunde mit den Händen ab und begann zu schreien. Es war entsetzlich, herzzerreißend. Tränen rannen ihr über die Wangen, dann trommelte sie mit den Fäusten auf den Boden. Jeder Schlag wurde von merkwürdig gepreßt klingenden Klagelauten untermalt. Sie war wütend, und das mit Recht.

Sie entdeckte den Eimer, als ich ihr behutsam die Hand entgegenstreckte. Sie griff nach meiner Hand, tastete meinen Arm entlang und weiter, bis sie zu meinem Gesicht kam. Sie strich mir übers Gesicht, versuchte meine Gesichtszüge zu ergründen und weinte dabei die ganze Zeit über. Sie schneuzte sich und stand auf. Sie ging auf eines der Gebäude zu. Sie hinkte leicht.

Ich setzte mich hin, und mir war erbärmlich zumute. Ich wußte nicht, was ich tun sollte.

Einer der Männer kam und holte mich. Es war ›Großer-Mann‹. Ich nannte ihn so, weil er der größte in der Gruppe war. Er war kein Polizist, wie ich später herausfand, er war nur der erste gewesen, den die verletzte Frau getroffen hatte. Er nahm meine Hand und befühlte mein Gesicht. Die Tränen kamen ihm, als er begriff, was in mir vorging. Er bat mich, mit ihm nach drinnen zu gehen.

Man hatte ganz schnell so etwas wie einen Geschworenenausschuß einberufen. Jeder, der gerade in der Nähe war, sollte sich beteiligen. Ein paar Kinder im Alter von zehn, zwölf Jahren waren auch dabei. Sie schienen alle ziemlich deprimiert zu sein. Die Frau, der durch meine Gedankenlosigkeit Schaden zugefügt worden war, saß ebenfalls in der Gruppe. Ein paar Leute trösteten sie. Ich nenne sie der Einfachheit halber ›Narbe‹ wegen des charakteristischen Zeichens auf ihrem Oberarm.

Alle drückten mir gegenüber ihr Bedauern aus — in Fingersprache, versteht sich. Sie streichelten und liebkosten mich, um mir meinen Kummer leichter zu machen.

Rosa kam hereingestürmt. Man hatte sie holen lassen, weil man unter Umständen einen Dolmetscher brauchte. Da es sich um ein öffentliches Verfahren handelte, wollte man sicher sein, daß ich alles verstand. Rosa ging zuerst zu ›Narbe‹ und weinte mit ihr, dann kam sie zu mir, umarmte mich stürmisch und bedeutete mir durch Gebärden, wie sehr sie den Vorfall bedauerte. In Gedanken sah ich mich schon meine Koffer packen. Mein Hinauswurf schien nur noch offiziell bestätigt werden zu müssen.

Dann saßen wir alle eng beieinander auf dem Boden. Es wurde nach allen Seiten hin mit den Händen gesprochen. Das Verhör begann.

Die Verhandlung wurde zum größten Teil in Fingersprache geführt. Nur Rosa sagte dann und wann etwas zu mir. Ich wußte nicht einmal, wer welche Meinung vertrat, was auch unwesentlich war, da die Gruppe in ihrer Gesamtheit zu mir sprach. Nur das, worüber sie sich vorher einig geworden waren, drang zu mir vor.

»Wir beschuldigen dich, gegen die Grundsätze unserer Gemeinschaft verstoßen zu haben«, ließen sie mich wissen. »Deinetwegen ist eine Genossin verletzt worden. Willst du dagegen Einspruch erheben? Gibt es irgendeinen besonderen Umstand, den wir kennen sollten?«

»Nein«, antwortete ich. »Ich habe eine Verantwortung übernommen, aber fahrlässig gehandelt.«

»Wir verstehen. Wir können die Reue nachempfinden, die du fühlst und die uns allen klar ersichtlich ist. Aber Unachtsamkeit bedeutet eine Übertretung des Gesetzes. Verstehst du? Es ist ein Verbrechen, für das du . . .« Sie teilten sich mir nun durch irgendwelche Abkürzungen mit, die ich aber nicht verstand.

Ich fragte Rosa danach.

»Oh . . . uns vorgetragen wurde . . . vor Gericht verantworten.« Sie zuckte die Achseln, offenbar war sie mit dem, was sie aufgeschnappt hatte, nicht zufrieden.

»Ach so. Ich verstehe.«

»Da der Tatbestand nicht angezweifelt werden kann, sind sie sich einig, daß du schuldig bist.« (»Verantwortlich«, flüsterte mir Rosa zu.) »Du sollst für einen Moment weggehen, bis wir uns entschieden haben.«

Ich stand auf, ging zur Wand und drehte mich um. Ich wollte ihnen nicht bei der Urteilsfindung zuschauen. Ich hatte eine wahnsinnige Angst. Dann holte man mich wieder.

»Über das Strafmaß für dein Vergehen entscheidet das Gewohnheitsrecht — das einzige bei uns geltende Recht. Du hast nun die Wahl, ob du die verhängte Strafe verbüßen oder dich unserer Gerichtsbarkeit entziehen willst. Im letzteren Fall müßten wir dir aber befehlen, wegzugehen. Wofür hast du dich also entschieden?«

Rosa mußte mir dies übersetzen, denn es war wichtig, daß ich wußte, welche Möglichkeiten man mir bot. Als ich sicher war, daß ich richtig verstanden hatte, nahm ich ihre Strafe ohne Zögern an. Ich war ihnen dankbar, daß sie mir eine Alternative angeboten hatten.

»Nun gut. Du hast es vorgezogen, so behandelt zu werden wie einer von uns, der den gleichen Schaden angerichtet hätte. Komm her.«

Der unregelmäßige Kreis, den die Gruppe gebildet hatte, löste sich auf, da sie nun alle näher zur Mitte heranrückten. Man sagte mir nicht, was passieren würde. Ich wurde zur Mitte gezogen und von allen Seiten freundschaftlich gestupst.

›Narbe‹ bildete mit übereinandergeschlagenen Beinen mehr oder weniger den Mittelpunkt der Gruppe. Sie weinte wieder — und ich übrigens auch, wenn ich mich recht entsinne. Plötzlich ging sie auf mich los und drosch auf mich ein.

Nie kam mir, was damals geschah, unwahrscheinlich oder merkwürdig vor. Es ergab sich ganz natürlich aus der Situation. Während der Prozedur hielten sie mich von allen Seiten und liebkosten mich. Sie sprachen mir gut zu. Handflächen, Beine, Hals und Wangen mußten dazu herhalten. Wir weinten alle. Es war eine schwierige Angelegenheit, der die ganze Gruppe ins Auge sehen mußte. Andere kamen herbei und entfernten sich wieder. Die Prügel aber wurden nur von der betroffenen Person, von ›Narbe‹, verabreicht. Nicht nur die Schnittwunde am Knie war der Schaden, den ich ihr beigebracht hatte, was sie ebenfalls schmerzte, war, daß sie mich disziplinieren mußte. Deswegen hatte sie auch so sehr geschluchzt; nicht ihre Verletzung, sondern der Gedanke daran, daß sie mir Schmerzen zufügen mußte, tat ihr weh. Rosa erzählte mir später, daß ›Narbe‹ sich mit ganzer Kraft dafür eingesetzt hätte, daß ich bleiben konnte.

Einige Bewohner hatten mich nämlich postwendend hinauswerfen wollen. Sie aber bewies mir ihre Achtung, indem sie es der Mühe wert fand, mich der unangenehmen Prozedur zu unterziehen. Diese Leute handelten so human, man konnte gar nicht anders, als ein Gefühl der Solidarität für sie hegen. Die Bestrafung dauerte ziemlich lange und war schmerzhaft, aber nicht grausam. Sie war auch nicht demütigend. Ein bißchen natürlich schon, aber es sollte ja auch eine Lektion in sozialem Verhalten sein, die hier in sehr direkter Form erteilt wurde. Übrigens hatte jedes der Gruppenmitglieder während der ersten Monate in der Kommune eine ähnliche Erfahrung durchmachen müssen. Dann war es allerdings nicht mehr vorgekommen. Gewiß, man lernt aus so etwas!

Hinterher dachte ich viel darüber nach. Ich überlegte, zu welch anderen Mitteln sie hätten greifen können! Erwachsene Menschen zu verprügeln, ist zwar höchst ungewöhnlich, daß es aber mit normalen Maßstäben gemessen eine ›verrückte‹ Situation gewesen war, darauf kam ich erst viel später. Alles erschien mir damals so natürlich.

Bei der Erziehung der Kinder wurden ähnliche Strafen verhängt, man nahm jedoch Rücksicht auf ihre Jugend. Die Erwachsenen ließen sich eine gelegentliche Quetschung oder ein aufgeschundenes Knie gefallen, denn die Kinder mußten ja erst langsam soziales Verhalten lernen.

Aber wenn man in Keller das Erwachsenenalter erreichte — das war dann, wenn die Mehrheit der Eltern einen für mündig erklärte oder wenn man sich selber das Recht dazu herausnahm —, dann wurde es wirklich ernst mit den Strafen.

Bei Vergehen, die sich wiederholten, oder solchen aus böser Absicht wurde eine noch härtere Strafe angewandt. Sie bestand darin, daß man von der Gemeinschaft geächtet wurde. Das wirkte sich so aus, daß einen dann eine Zeitlang keiner anfaßte. Als ich davon erfuhr, war ich schon lange genug in Keller, um beurteilen zu können, daß es sich dabei um eine recht harte Strafe handelte, man mußte es mir nicht erst erklären.

Ich weiß nicht, wie ich es ausdrücken soll, aber als ich die Tracht Prügel verabreicht bekam, geschah dies auf eine so behutsame Art und Weise, daß ich nicht das Gefühl hatte, mißhandelt zu werden. Mit jedem Schlag gab ›Narbe‹ mir zu verstehen: Es tut mir genauso weh wie dir. Dies ist nur zu deinem Besten. Durch ihre Umsetzung in die Praxis bekamen in Keller die alten Klischees von der Notwendigkeit der Bestrafung einen neuen Sinn.

Als meine Strafe erteilt war, ging unsere Traurigkeit in Heiterkeit über. Ich umarmte ›Narbe‹, und wir versicherten uns gegenseitig, wie leid es uns täte. Wir unterhielten uns miteinander, ich streichelte ihr Knie und half ihr, es zu verbinden, dann liebten wir uns, und unsere Vereinigung war ein tiefes Erlebnis für mich.

Als ich die Fingersprache schon ziemlich gut beherrschte, fiel es mir wie Schuppen von den Augen. Täglich entdeckte ich eine neue Seite meines Bewußtseins. Es war wie bei einer Zwiebel, die man schält und dabei immer wieder auf eine tieferliegende Haut stößt. Jedesmal, wenn ich dachte, ich wäre bis zum Kern vorgedrungen, entdeckte ich eine Schicht, die mir noch fremd war.

Irrtümlicherweise meinte ich, daß die Fingersprache das wichtigste Kommunikationsmittel in Keller wäre. Sie war aber nur der erste Schritt der Sprachbeherrschung. Was meine Verständigung anbetraf, so war ich lange Zeit hindurch ein Kind und unfähig, die einfachsten Dinge auszudrücken. Als ich über das Anfangsstadium hinaus war, stellte ich fest, daß es auch eine Syntax, Konjugationen, feste Redewendungen, Substantive, Verben, Frageformen und Konjunktiv in der Taubblindensprache gab. Ich kam mir vor wie einer, der am Rand eines Ozeans im seichten Wasser herumwatet, während die Weite des Wassers unübersehbar vor ihm liegt.

Mit Fingersprache meine ich das internationale Fingeralphabet. Jeder kann es in ein paar Stunden oder Tagen erlernen. Das Problem dabei ist: In der Normalsprache buchstabiert man eben nicht, wenn man mit jemandem spricht oder etwas liest. Vielmehr erfaßt man die Wörter in ihrer Gesamtheit. Man hört und denkt in semantischen Einheiten.

Jeder Kellerianer beschäftigte sich notgedrungen sehr intensiv mit der Sprache und konnte mehrere Sprachen — gesprochene Sprachen — sehr gut mit der Hand lesen und buchstabieren.

Als sie noch Kinder waren, hatten sie bereits begriffen, daß die Fingersprache sich zwar für die Verständigung mit der

Außenwelt eignete, daß sie aber für Unterhaltungen mit den Leidensgefährten viel zu schwerfällig war. Es war wie beim Morsealphabet, Nachrichten einfacher Art konnten mühelos übertragen werden, für Mitteilungen komplexerer Art war die Fingersprache aber ungeeignet. Und die Körpersprache, welche die Taubblinden bei ihren Unterhaltungen benutzten, war meiner Meinung nach sogar ein höherentwickeltes Kommunikationsmittel als unsere normale Lautsprache.

Den Mechanismus der Taubblindensprache begriff ich nur sehr langsam. Als ich mit den Fingern schon sehr schnell sprechen konnte, fiel mir auf, daß ich immer noch langsamer war als die anderen. Was die Sprachgewandtheit anbetraf, so gab es eben Gradunterschiede. Und dann hatten sie ihre Kürzel, die ich noch nicht kannte. Ich bat sie also, mir diese beizubringen. Sie halfen alle dabei mit, und so wurde ich nicht mehr nur von Rosa und den Kindern unterrichtet.

Es war verdammt schwer für mich. Sie konnten jedes Wort in jeder Sprache mit nur zwei Handbewegungen ausdrücken. Um die Kürzel zu erlernen, würde ich Monate, nein, Jahre brauchen. Gewöhnlich lernt man von einer Fremdsprache zuerst das Alphabet, so ergreift man Besitz vom Handwerkszeug, mit dessen Hilfe man jedes existierende Wort buchstabieren kann.

Noch nach Monaten teilte ich den anderen so Unsinniges wie »Mich lieben ›Narbe‹ sehr sehr gut« bei den abendlichen Zusammenkünften mit, während eine angeregte und flüssige Konversation in der Körpersprache in meiner Umgebung geführt wurde, die mich nur am Rand mit einbezog. Aber ich ließ nicht locker. Die Kinder waren unendlich geduldig mit mir. Ich machte dann auch allmählich Fortschritte. Man muß bedenken, daß die Unterhaltungen mit mir nach meiner Bestrafung alle in Finger- oder Kurzzeichensprache geführt wurden. Sie waren meinem Lernniveau angepaßt. Weder Rosa noch die anderen Kinder unterhielten sich nach dieser Zeit noch einmal mit mir in der Lautsprache.

Der Durchbruch kam, als Rosa mir eine Lektion in der Körpersprache erteilte. Wir liebten uns gerade. Es hatte ein paar Wochen gedauert, bis ich gemerkt hatte, daß sie auch in sexueller Hinsicht kein Kind mehr war, daß ihre Zärtlichkeiten zugleich kindlich und erotisch waren. Für sie war es ganz selbstverständlich, daß die Zeichen, die sie mir gab, indem sie meinen Penis liebkoste, zu einer ganz neuen Form der Kommunikation zwischen uns führen würden. Obwohl sie noch in der Pubertät steckte, wurde sie doch von allen als Erwachsene angesehen und von mir natürlich auch. Meine Erziehung war schuld daran, daß ich mir anfangs ein falsches Bild von ihr entwarf.

Wir hatten uns gegenseitig sehr viel mitzuteilen. Beim Zusammensein mit ihr verstand ich die Poesie und Musik der Körpersprache besser als mit den anderen. Sie bewegte sich so graziös, so frei von Zwang, jede Nuance in der Körpersprache zeugte von einer Offenheit, die frei von Schuld war. Ich entdeckte bei ihr eine menschliche Dimension, die mir bis jetzt fremd gewesen war.

»Du hast mir nicht viel über dich erzählt«, gab sie mir zu verstehen. »Was hast du draußen gemacht?« fragte sie mich.

Es ist natürlich falsch, diese Unterhaltung, die wir führten, in konventionellen Satzschemata wiederzugeben, denn wir teilten uns ja einander in der Körpersprache mit, die man schriftlich einfach nicht festhalten kann und bei der Sinneseindrücke eine so große Rolle spielten, daß selbst Schweißabsonderungen und die Körpergerüche für uns eine besondere Bedeutung bekamen.

Ich kam — so merkwürdig es klingen mag — bis zum Zeichen für die erste Person Singular des Personalpronomens und hielt dann inne.

Wie sollte ich ihr auch mein Leben in Chicago beschreiben? Würde sie die Schriftstellerkarriere interessieren, die mir in meiner Jugend vor Augen schwebte? Oder mein Scheitern . . . und die Gründe dafür. Ich könnte ihr natürlich auch die Reise hierher beschreiben. Vielleicht sollte ich ihr aber doch lieber etwas über meine Arbeit mitteilen, die nur meinem Arbeitgeber, der Gross National Product, nützte und aus nichts anderem als dem Herumkramen in irgendwelchen Papieren bestand. Vielleicht sollte ich sie aber auch über die Wechselhaftigkeit der Konjunktur aufklären, der ich es zu verdanken hatte, daß ich hierhergekommen war, zu einem Zeitpunkt, als nur eine Weltwirtschaftskrise mich aus meiner bequemen Lebensführung hatte reißen können. Ich könnte ihr aber auch von der Einsamkeit eines Siebenundvierzigjährigen erzählen, der noch niemanden in seinem Leben gefunden hat, den er richtig lieben konnte und der seine Liebe erwidert hätte. Interessiert hätte sie vermutlich auch, wie man sich als Außenseiter in einer Gesellschaft der Superlative fühlt. Wie es ist, wenn man nächtelang auf den Putz haut, Saufereien von neun Uhr abends bis fünf Uhr früh mitmacht, wie deprimierend die Fahrt nach Hause mit den öffentlichen Verkehrsmitteln auf einen wirkt. Dann hätte ich ihr natürlich auch die Alternative dazu schildern müssen: dunkle Kinos, Fußballspiele im Fernsehen, Schlaftabletten, Wolkenkratzer, die zwar Fenster haben, die man aber nicht öffnen kann, des Smogs und der potentiellen Selbstmörder wegen. Das war in großen Umrissen meine Welt gewesen.

Sie teilte mir mit, daß sie verstanden hatte.

»Dann reise ich auch in der Welt herum.« Ich stellte ganz plötzlich fest, daß auch das, was ich jetzt gesagt hatte, stimmte.

Sie ließ mich wissen, daß sie auch das verstanden habe. Sie benützte nun ein anderes Zeichen, aber man spürte, daß sie damit auf etwas situativ Gleichwertiges reagierte. Sie hatte verstanden, daß die eine Hälfte meines Wesens das bedeutete, was ich gewesen war, die andere das, womit ich mich identifizieren wollte.

Sie saß auf mir, ihre Hand berührte mein Gesicht. Die widerstreitenden Gefühle, die ich empfand, als ich zum erstenmal nach Jahren wieder über mein Leben nachdachte, wollte sie in ihrer ganzen Intensität mitfühlen. Sie lachte und zwickte mich ins Ohr, als ihr die Bewegungen meines Gesichts verrieten, daß ich zum erstenmal richtig glücklich war. Ich redete es mir nicht nur ein, es stimmte. Auch das fand sie heraus. In der Körpersprache kann man nicht lügen, dem Prinzip nach ist sie ein Lügendetektor.

Ich bemerkte, daß das Zimmer ungewöhnlich leer war. Nachdem ich mich auf meine täppische Art bei meiner Umgebung erkundigt hatte, wurde mir klar, daß nur die Kinder da waren.

»Wo sind denn die anderen?« fragte ich Rosa.

»Sie sind alle draußen beim + + +.« + + + waren drei Schläge auf die Brust mit gespreizten Fingern. Die Art, wie sie gespreizt waren, besagte, daß es sich um ein Gerundium handeln mußte. Sie waren also zum + + +en draußen, was mir immer noch nicht viel sagte.

Aufschlußreicher für mich war die Körpersprache, die die Mitteilung begleitete. Ich verstand Rosa ganz plötzlich besser denn je. Sie war verstimmt und traurig. Ihr Körper verriet, was in ihrem Innersten vorging. »Warum kann ich mich nicht zu ihnen gesellen? Warum kann ich nicht wie sie (riechen — schmecken — tasten — hören — sehen) empfinden?« Ihr Körper teilte mir dies mit. Ich wußte allerdings nicht, ob ich richtig verstanden hatte, immer noch versuchte ich, meine gewohnten Vorstellungen den Phänomenen, die ich in Keller erlebte, aufzuzwingen. Ich war überzeugt, daß die Kinder einen Groll gegenüber ihren Eltern empfinden mußten, es konnte ja gar nicht anders sein. Einerseits fühlten sie sich ihnen wohl überlegen, andererseits wurden sie aber von ihnen abgelehnt.

Ich suchte das Gelände nach den Erwachsenen ab und fand sie bald auf der Nordseite. Nur die Eltern, keins der Kinder. Die Gruppe bildete beinahe einen Kreis, ein Muster, das sich wahrscheinlich zwangsläufig ergeben hatte. Der nahezu gleiche Abstand der Personen voneinander war aber kein Zufall.

Die Wolfshunde und der schottische Schäferhund waren ebenfalls dort draußen. Sie saßen ohne sich zu bewegen auf dem feuchten Gras und beobachteten die Gruppe mit gespitzten Ohren.

Ich näherte mich ihnen, zögerte aber, als ich die Konzentration spürte, die in der Luft lag. Die Hände der Taubblinden berührten sich, waren aber regungslos. Ich war wie betäubt, als ich diese Leute, die sich sonst ständig bewegten, so still dastehen sah.

Ich setzte mich zu den Hunden und beobachtete die Gruppe mindestens eine Stunde lang. Ich kraulte die Tiere hinter den Ohren. Sie leckten sich die Lefzen, ein Zeichen dafür, daß sie es mochten, ihr Hauptaugenmerk war aber auf die Leute gerichtet.

Langsam wurde mir klar, daß sich die Leute bewegten. Sie veränderten nur sehr langsam ihre Stellung, setzten einen Schritt hierhin, einen dorthin, was allein schon mehrere Minuten in Anspruch nahm. Der Kreis wurde allmählich weiter, aber der Abstand zwischen den einzelnen Personen blieb gleich. Es herrschte hier eine Gesetzmäßigkeit wie im Universum, das sich ständig verändert und in dem sich alle Galaxien bewegen und ihre Bahnen beschreiben. Die Arme hielten die Leute nun ausgestreckt, nur die Fingerspitzen berührten sich noch. Die Kreisfigur hatte nun Ähnlichkeit mit dem Aufbauschema eines Kristalls.

Dann berührten sie sich nicht mehr. Die Hände aber blieben ausgestreckt, als ob sie damit Entfernungen überbrücken wollten, die aber zu weit waren. Der Kreis dehnte sich weiter aus und noch immer hielten sie den gleichen Abstand voneinander. Einer der Wolfshunde begann leise zu winseln. Meine Haare sträubten sich. Kühl hier draußen, dachte ich.

Dann schloß ich die Augen, ich war plötzlich unendlich müde.

Ich fuhr zusammen und riß die Augen wieder auf. Dann zwang ich mich dazu, sie geschlossen zu lassen. In meiner Nähe zirpten Grillen im Gras.

Etwas geschah mit meinen Augenhöhlen. Ich ahnte, daß ich, würde ich die Augäpfel vollständig umdrehen können, die gleiche Wahrnehmung hätte wie die Blinden. Der Gedanke kam mir, daß auch teilweise Erblindung schon ein wichtiger Schritt in Richtung auf das Blindensehen hin sein mußte. Etwas war mit mir los, ich wußte nicht, was es war und wie ich es beschreiben sollte. Es hielt mich ziemlich lange gefangen, aber ich konnte mir keinen Reim darauf machen. Das Winseln der Hunde wurde lauter. Das, was ich fühlte, war wohl am ehesten mit der Empfindung zu vergleichen, die ein Blinder haben muß, wenn er an einem Regentag plötzlich einen Sonnenstrahl fühlt.

Ich öffnete wieder die Augen.

Rosa stand neben mir. Ihre Augen hatte sie ganz fest geschlossen, ihre Ohren hielt sie sich mit den Händen zu. Ihr Mund stand offen und bewegte sich lautlos. Hinter ihr standen ein paar von den älteren Kindern. Alle taten das gleiche.

Plötzlich veränderte sich die Atmosphäre. Die Erwachsenen standen nun noch etwas mehr voneinander entfernt. Ganz unvermutet löste sich das Kreismuster auf. Einen Augenblick lang schwankten sie und lachten dann ihr seltsames, für Taube so typisches Lachen, das sie selber ja nicht hören können. Sie ließen sich ins Gras fallen und überschlugen sich fast vor Übermut.

Rosa lachte ebenfalls. Ich übrigens auch, was mich wunderte. Ich lachte, bis mir alles weh tat. Es fiel mir wieder ein, daß es mir schon öfters so ergangen war, als ich Marihuana geraucht hatte.

Das war also + + +en.

Ich weiß, daß ich bislang nur eine sehr oberflächliche Beschreibung von Keller gegeben habe. Es gibt noch einige Themen, die ich anschneiden sollte, bevor ein falscher Eindruck beim Leser entsteht.

Da wäre zum Beispiel die Kleidung. Die meisten hatten fast immer etwas an. Rosa war die einzige, die nie Kleider trug. Es war bei ihr eben Temperamentssache.

Es gab niemanden, der Hosen getragen hätte. Die Kleidung war weit und bequem: Es handelte sich hauptsächlich um Kaftane, Hemden, Kleider, Tücher. Die Mehrzahl der Männer hatte Frauenkleider an, weil diese einfach viel bequemer waren.

Viele Kleidungsstücke waren zerfetzt, aber aus einem Material, das sich gut anfaßte: Seide, Samt oder etwas Ähnliches. Die Tracht einer typischen Kellerianerin muß man sich so vorstellen: ein bestickter Kimono mit Drachenmuster und einer Unmenge von Löchern, fadenscheinigen Stellen, Tee- und Tomatenflecken. In diesem Aufzug geht sie dann mit einem Wasserkübel in den Schweinestall, um die Schweine zu tränken. Sie weiß, daß sie ihr Kleid am Abend waschen wird und sich keine Sorgen darüber zu machen braucht, ob die Farben waschecht sind.

Homosexualität habe ich meines Wissens auch noch nicht erwähnt. Nun, was mich anbetrifft, so waren mir die Beziehungen zu Frauen hier von Anfang an wichtiger. Ich denke dabei an Frauen wie Rosa und ›Narbe‹. Wahrscheinlich habe ich deswegen noch nicht über Homosexualität gesprochen, weil ich nicht wußte, wie ich das am geschicktesten anpacken sollte. Die Voraussetzungen für den Umgang mit Männern waren die gleichen wie für den mit Frauen. Es kostete mich keine große Überwindung, zu Männern zärtlich zu sein.

Auch hielt ich die Leute in Keller deswegen, weil sie zu allen nett waren, noch nicht für bisexuell, obwohl sie es vom medizinischen Standpunkt aus wahrscheinlich waren. Die ganze Problematik war viel komplizierter. Schließlich gehörte ja Homosexualität zu den Grundlagen der Erziehung in Keller, einer Erziehung, die auf Berührung und Sensitivitätstraining aufbaute. Wie hätten sie also dieses durch und durch infame Tabu, das in unserer Gesellschaft auf der Homosexualität lastet, überhaupt verstehen sollen? Mehr noch als für uns hätte für sie die einseitige Entscheidung für Homo- bzw. Heterosexualität den Verzicht auf die Kommunikation mit einer Hälfte der Menschheit bedeutet. Für die Menschen in Keller war Sexualität einfach allgegenwärtig, sie konnten sie nicht von ihrem übrigen Leben trennen. Auch hatten sie in ihrer Kurzsprache kein einziges Zeichen, das sich ohne weiteres hätte mit ›Sex‹ ins Englische übersetzen lassen. Dagegen hatten sie unendlich viele Ausdrücke für ›männlich‹ und ›weiblich‹, für Nuancen und Spielarten im Bereich der physischen Erfahrung, wie sie die englische Sprache in dieser Vielfalt nicht bot. Aber all diese Ausdrücke konnten auch auf andere Sinneserfahrungen angewandt werden, die Sexualität hatte keinen spezifischen Stellenwert.

Eine Frage, die ich ebenfalls noch nicht hinreichend beantwortet habe, ist die nach der Notwendigkeit und dem Sinn einer solchen Kommune. Ich stellte sie mir schon ganz zu Anfang, konnte aber damals noch nicht sagen, ob es nicht besser gewesen wäre, wenn man die Taubblinden an unseren Lebensstil angepaßt hätte.

Die Idylle war ja bekanntlich nicht vollkommen. Vom Überfall und den Vergewaltigungen habe ich schon berichtet, und so etwas könnte leicht wieder passieren! Es wäre nämlich denkbar, daß die umherziehenden Banden, die gewöhnlich ihr Unwesen in Stadtnähe treiben, weitere Kreise ziehen. Die Rowdys auf Motorrädern würden Keller mühelos in einer Nacht erledigen.

Auch die ständigen Streitereien mit den Gerichten waren lästig. Ungefähr einmal im Jahr kamen Sozialhelfer, die versuchten, den Blinden ihre Kinder wegzunehmen. In dieser Beziehung hatte man ihnen schon seit eh und je alle erdenklichen Scherereien gemacht. Sie hatten sich sogar gefallen lassen müssen, des Kindesmißbrauchs und ähnlicher Verbrechen beschuldigt zu werden. Die Anschuldigungen hatten zwar bislang noch keine Folgen für sie gehabt, was aber eines Tages anders werden konnte.

Auch konnte man natürlich mit jenen komplizierten Apparaten, die es Taubblinden ermöglichen, ein bißchen zu ›sehen‹ und zu ›hören‹, der Keller zugrundeliegenden Idee entgegenwirken. Ich kannte einmal eine taubblinde Dame, die, um von solchen Krücken Gebrauch zu machen, in Berkeley lebte. Ich muß schon sagen, Keller ist mir da lieber.

Was solche Apparate anbetrifft, in der Bibliothek von Keller gibt es eine Sehmaschine. Sie besteht aus einer Fernsehkamera und einem Computer, der eine Reihe von dicht beieinanderliegenden Metallnadeln in Bewegung setzt. Berührt man die Nadeln, ›spürt‹ man fortlaufende Bilder von den Motiven, auf die die Kamera gerichtet ist. Der Apparat ist klein und wiegt nicht viel. Er ist so konstruiert, daß man ihn mit sich herumtragen kann. Den Computer trägt man so, daß die Nadeln die Wirbelsäule, also ein Hauptnervenzentrum, berühren.

Der Wunderapparat kostet aber 35 000 Dollar.

Ich entdeckte ihn in einer Ecke der Bibliothek. Als ich die Nadeln mit den Fingern berührte, bemerkte ich, daß er voller Staub war.

Ich war übrigens nicht der einzige Besucher in Keller. Gäste kamen, Gäste gingen, manche blieben länger.

Allerdings waren sie nicht so zahlreich, wie bei den anderen Gruppen, die ich kennengelernt hatte. Keller war in jeder Beziehung eine Ausnahme.

Einmal kam ein Besucher, so um die Mittagszeit. Er schaute sich um, und dann, ohne ein Wort zu sagen, verdrückte er sich wieder.

Eines Abends tauchten zwei sechzehnjährige Mädchen aus Kalifornien auf. Sie waren von zu Hause weggelaufen. Sie zogen sich beim Abendessen aus. Als sie bemerkten, daß ich sehen konnte, waren sie entsetzt. Rosas geistige Überlegenheit versetzte sie in Panik. Sie mußten noch viel lernen, bis sie Rosas Bewußtseinsstufe erreicht hatten. Andererseits würde sich aber Rosa bei ihnen zu Hause auch nicht gerade wohl fühlen. Als sie am nächsten Tag wieder gingen, waren sie sich absolut nicht im klaren darüber, ob sie nun an einer Orgie teilgenommen hatten oder nicht. Dieses ständige Befummeln und nicht zur Sache kommen war für sie höchst merkwürdig gewesen.

Dann gab es auch ein nettes Paar aus Santa Fe, das zwischen Keller und der Anwältin der Taubblinden vermittelte. Die beiden hatten einen Sohn, der sich mit den anderen Kindern ausschließlich in der Fingersprache unterhielt. Sie kamen alle zwei Wochen, blieben ein paar Tage, legten sich in die Sonne und nahmen am abendlichen Beisammensein teil. Um nicht die Gefühle der Taubblinden zu verletzen, unterhielten sie sich sogar mit mir in der Fingersprache, obwohl dies nur sehr zögernd vonstatten ging.

Die Indianer ließen sich in regelmäßigen Zeitabständen blicken. Gemessen am Benehmen der Kellerianer, war ihr Auftreten penetrant selbstherrlich. Ihre Uniform bestand aus Jeans und Stiefeln. Obwohl sie fanden, daß die Taubblinden etwas merkwürdig waren, respektierten sie sie. Die Navahos hatten geschäftlich mit ihnen zu tun. Sie nahmen die landwirtschaftlichen Erzeugnisse, die täglich ans Tor gefahren wurden, mit, verkauften sie und behielten einen Teil des Ertrags. Sie konnten stundenlang mit den Bewohnern von Keller auf dem Boden sitzen und debattieren. Sie hatten keine Schwierigkeit, sich durch Handzeichen zu verständigen. Rosa sagte mir, daß die Indianer bei ihren Geschäften übergewissenhaft wären.

Ungefähr einmal in der Woche gingen die Eltern ins Freie, um zu + + +en.

Mit der Zeit wurde ich immer besser in der Kurzzeichen- und Körpersprache. Ich war nun schon fünf Monate in Keller, und der Winter stand vor der Tür. Ich hatte noch nicht einmal meine geheimsten Wünsche auf ihre Realisierbarkeit hin überprüft, ich hatte noch nicht darüber nachgedacht, was ich in Zukunft tun wollte. Ich war einfach gewohnt, mich treiben zu lassen. Ich wußte wirklich nicht, ob ich von Keller weggehen oder mich dort häuslich niederlassen sollte.

Dann erhielt ich plötzlich den entscheidenden Impuls. Zuerst hatte ich gedacht, daß die Veränderungen, die draußen vor sich gingen — die Bewohner von Keller hatten eine Ausgabe der *New York Times* in Blindenschrift abonniert —, meinen Entschluß hatten reifen lassen. Die Taubblinden hatten die *Times* abonniert, weil sie sich im klaren darüber waren, daß ihre isolierte Stellung wie auch die Unterschätzung von Problemen, die sie nicht unmittelbar tangierten, eine Gefahr für sie darstellte. Die Mehrzahl der Kellerianer las sie deswegen auch ziemlich gründlich. Einen Fernseher hatten sie übrigens auch, er wurde ungefähr einmal im Monat eingeschaltet und die Kinder übersetzten dann ihren Eltern, was sie gesehen hatten.

So erfuhr ich also, daß sich die überhitzte Wirtschaftskonjunktur wieder normalisiert und die Inflationsrate sich gesenkt hatte. Es waren plötzlich wieder Jobs zu haben, und das Geld zirkulierte. Als ich kurz danach Keller verließ, war ich fest davon überzeugt, daß dies die Gründe für mein Weggehen gewesen waren.

Die wirklichen Ursachen lagen aber tiefer und hingen mit dem Erlernen der Kurzzeichensprache zusammen. Die Kurzzeichensprache war eine ›Zwiebelschicht‹, und wenn ich die entfernt hätte, konnte ich sicher sein, daß es darunter eine weitere Schicht geben würde. Es war einfach deprimierend.

Ich hatte das Fingeralphabet in kürzester Zeit erlernt, und es hatte mich keine Mühe gekostet. Dann wurde mir aber bewußt, um wieviel schwieriger es sein mußte, sich die Kurzzeichen- und Körpersprache anzueignen. Nach einem Intensivstudium der Kurzzeichensprache, das fünf Monate in Anspruch nahm, hatte ich die Ausdrucksmöglichkeiten eines Fünf- oder Sechsjährigen. Ich wußte aber, daß ich es mit der Zeit schaffen würde. Mit der Körpersprache war es anders, man konnte die Fortschritte, die man machte, hier nicht so leicht sehen, denn es handelte sich um eine Sprache, die von veränderlicher Beschaffenheit war, es kam auf die Personen an, die sich ihrer bedienten. Wenn man sich in ihr mitteilte, mußte man auf die Person eingehen, mit der man sich unterhielt. Auch hing sie von der Zeit und der Stimmung, in der man sich befand, ab. Aber ich machte auch in der Körpersprache Fortschritte.

Schließlich war ich für die Einfühlungssprache, die rangmäßig höchste der Sprachen in Keller, aufnahmebereit. Für diese Vier-Stufen-Sprache änderten die Taubblinden die Bezeichnung von Tag zu Tag. Ich will versuchen, das Phänomen zu erklären.

Diese ständigen Schwankungen fielen mir zum erstenmal so richtig auf, als ich versuchte, Janet Reilly ausfindig zu machen. Ich kannte nun die Geschichte vom Zustandekommen der Kommune, konnte aber Janet Reilly nirgends finden, obwohl sie die Hauptperson in all den Geschichten von der Gründung der Gemeinschaft war. Ich war mit allen in Keller in Kontakt gekommen, konnte aber nicht sagen, welche von den Frauen Janet war. Ich selber hatte den einzelnen Bewohnern Kurzzeichennamen wie ›Narbe‹, ›Die-mit-dem-fehlenden-Schneidezahn‹ und ›Mann-mit-dem-drahtigen-Haar‹ gegeben, die aber von ihnen ohne weiteres akzeptiert wurden. Der eigentliche Grund, warum ich die Gründerin nicht fand, war der, daß sie alle in der Kommune ihre bürgerlichen Namen aufgegeben hatten, denn sie waren ohne Bedeutung für sie: Sie beschrieben nichts, sie waren ohne Inhalt. Ich aber gab meinen mangelnden Kenntnissen in der Kurzzeichensprache die Schuld. Ich meinte, daß ich einfach nicht imstande gewesen wäre, die Frage richtig zu formulieren. Dann merkte ich aber, daß sie mich absichtlich mißverstanden. Ich gab ihnen schließlich recht, weil ich einsah, warum sie das taten, und dachte nicht weiter darüber nach. Draußen war sie Janet Reilly gewesen, aber eine ihrer Bedingungen lautete ja, daß sie nach der Gründung der Kommune wieder in der Menge untertauchen würde. Sie war mit der Gruppe eins geworden. Janet Reilly gab es jetzt nicht mehr. Man sollte sie in Ruhe lassen. Nun, gut.

Während ich der Sache nachging, war mir klargeworden, daß keiner in der Kommune einen festen Namen hatte. Rosa hatte zum Beispiel nicht weniger als einhundertfünfzehn Namen, jeder Kellerianer hatte seine eigene Bezeichnung für sie. Der Name ergab sich aus der Beziehung der jeweiligen Person zu Rosa. Die Namen, die ich erfunden hatte und die sich nur auf physische Merkmale bezogen, wurden so nachsichtig geduldet, als ob der Namensgeber ein Kind gewesen wäre. Wenn Kinder jemanden benennen, gehen sie von ganz äußerlichen Merkmalen aus, sie haben noch nicht gelernt, die äußeren Bewußtseinsschichten zu durchbrechen und sich solcher Namen zu bedienen, die etwas über sie selber und ihre Beziehung zu anderen Menschen aussagen.

Noch verwirrender war dann, daß täglich neue Namen entstanden. Dies war der erste, flüchtige Eindruck, den ich von der Einfühlungssprache gewann, und ich erschrak über die Grenzenlosigkeit ihrer Möglichkeiten. Ich hatte es hier mit Permutationen zu tun. Die erste, nur ganz geringfügige Modifikation des Problems hatte zur Folge, daß nicht weniger als dreizehntausend Namen in Gebrauch waren, die sich aber ständig änderten, so daß ich sie mir unmöglich merken konnte. Wenn mir zum Beispiel Rosa etwas über ›Kahlkopf‹

erzählen wollte, dann würde sie als Namen ein Zeichen wählen, das durch den Umstand modifiziert wäre, daß sie mit mir und nicht mit dem ›Kleinen-Dicken‹ über ›Kahlkopf‹ spricht.

Wie töricht ich gewesen war! Meine Unwissenheit klaffte wie ein Abgrund vor mir auf. Ich hatte Angst.

Die Einfühlungssprache war das primäre Kommunikationsmittel der Gruppe. Es war eine großartige Mischung aus den drei anderen Sprachen, die ich kennengelernt hatte. Ihr Hauptmerkmal war, daß sie ständig in Bewegung war, nie stillstand. Über die Kurzzeichensprache, die ja eine Vorstufe zur Einfühlungssprache war, konnte ich mich mit der Gruppe verständigen. Von der Einfühlungssprache bekam man auf diese Weise gerade nur eine Ahnung. Es war eine Sprache, die ständig neue Sprachen erzeugte. Jedes Individuum hatte seinen eigenen Dialekt, weil sich die Sprachkomponenten, wie Körper und Lebenserfahrungen, bei den einzelnen doch wesentlich voneinander unterschieden. Darüber hinaus wurde sie noch durch zahlreiche andere Umstände modifiziert.

Bei den abendlichen Zusammenkünften konnte es geschehen, daß sie ein vollständig neues Kommunikationssystem im Bereich der Einfühlungssprache erfanden. Die neue Sprache hatte ihre eigene innere Logik. Sie war auf einen ganz bestimmten Personenkreis bezogen. Sie enthüllte die geheimsten Gedanken der Gesprächspartner schonungslos und stellte überdies die Ausgangsbasis für die Sprache des darauffolgenden Abends dar.

Ich wußte nicht, was ich von dieser vollständigen Demaskierung halten sollte. Ich hatte in letzter Zeit ein wenig über mich selber nachgedacht und wußte nicht, ob ich mit den gewonnenen Erkenntnissen zufrieden sein sollte. Es deprimierte mich, daß sie alle mehr über mich wußten, als ich selber, nur weil mein Körper, der nicht lügen konnte, ihnen verraten hatte, was mein verklemmter Verstand nicht preisgeben wollte. Es war, als ob ich nackt im Scheinwerferlicht der Carnegie Hall stünde und alle sexuellen Alpträume, die ich im Leben gehabt hatte, plötzlich Realität würden. Die Gewißheit, daß sie mich alle trotz meiner Fehler liebten, war plötzlich nicht mehr genug. Ich hätte mich am liebsten mit meinem Innenleben in einem dunklen Schlupfwinkel verkrochen, um es dort sich selber zu überlassen.

Ich hätte diese Furcht vor unangenehmen Entdeckungen überwinden können. Rosa versuchte wirklich, mir dabei zu helfen. Sie sagte, daß es nur für kurze Zeit schmerzhaft wäre. Man würde sich schon sehr bald an das Gefühl gewöhnen, daß die verborgensten Gedanken in Flammenschrift an der Stirn geschrieben wären. Die Einfühlungssprache sei auch nur am Anfang schwer, meinte sie, denn wenn man die Kurzzeichen- und die Körpersprache gelernt hätte, würde sich die Einfühlungssprache ganz organisch daraus ergeben. Sie glaubte, daß ich es schon schaffen würde.

Beinahe hätte ich ihr geglaubt. Aber sie hatte sich ja schon selber verraten. Ihre Einstellung zum + + +en hatte mir gezeigt, daß es ihr auch nicht anders erging als mir; wenn ich die eine Klippe gemeistert hätte, würde ich doch anschließend mit dem Kopf wieder gegen irgendeine Wand rennen.

+ + +.

Ich verstand nun besser, was es war. Es läßt sich aber nur sehr schwer in die Lautsprache übertragen. Meine vagen Vorstellungen von + + + klingen natürlich auch in meiner Sprache nicht klarer. »Einfühlung ist die Quintessenz des Sich-Berührens«, sagte Rosa. Sie verfiel in konvulsivische Zuckungen, weil sie selber nicht hundertprozentig von ihrer Erklärung überzeugt war. Meine Ausdrucksschwierigkeiten waren ein zusätzliches Handikap. Irgendwie widersprachen ihre Körperbewegungen der Definition, die sie in der Kurzzeichensprache gegeben hatte. Sie enthüllten lediglich Rosas Unsicherheit.

»Es ist die Gabe, mit der man sich über das Schweigen und die Dunkelheit der Ewigkeit hinwegsetzen kann.« Und wieder straften ihre Körperbewegungen ihre Mitteilung Lügen. Erschöpft trommelte sie auf den Boden.

»Es ist die Eigenschaft der Glücklichen, die für immer im Land des Schweigens und der Dunkelheit sind und die anderen rein gefühlsmäßig erleben können. Beim Erlernen der Einfühlungssprache wirken sich Hören und Sehen nachteilig aus. Mein Sinn für Stille und Dunkelheit kann noch so intensiv sein, die visuelle Orientierung der Sinne bleibt doch bestehen. Die Gefühlsintensität unserer Eltern werden wir nie erreichen. Ihre Welt bleibt uns für immer verschlossen.«

Das Zeitwort ›berühren‹ im ersten Teil ihrer Mitteilung war ein Amalgam aus Einfühlungssprachendata, Erinnerungen an gemeinsame Erlebnisse und den Erfahrungen, von denen ich ihr erzählt hatte. Es war natürlich besonders die Begegnung mit der Großen-mit-den-grünen-Augen, die mir die zerquetschten Pilze gezeigt und mich so nachdrücklich auf das Wesentliche eines Gegenstandes aufmerksam gemacht hatte. Bei unserem Gespräch bedienten wir uns natürlich hauptsächlich der Körpersprache. Als ich in sie eindrang und mich von der Dunkelheit und Feuchtigkeit ihres Körpers umgeben fühlte, spürte ich ganz deutlich, was sie dabei empfand. Und dies alles war nur ein einziges Wort in Körpersprache.

Ich brütete lange Zeit über dieser Erfahrung. Sollte man sich wirklich durch die Ungeschminktheit der Einfühlungssprache hindurchquälen, nur um eine unvollkommene Stufe der Blindheit zu erreichen? Dann würde man eben auch Gefahr laufen, die Grenzen, die einem gesetzt sind, nur noch deutlicher vor Augen zu haben.

Was trieb mich eigentlich von Keller weg, wo ich so glücklich gewesen war?

Die Frage ist nicht leicht zu beantworten. Daß ich mir jetzt erst, also reichlich spät, die Frage nach dem Sinn meines Aufenthaltes in Keller stellte, war sicher einer der Gründe für meinen Entschluß. Die Antwort darauf hätte eine andere Frage, nämlich die nach meinen Zukunftsplänen, sein können.

Ich war der einzige Besucher seit sieben Jahren gewesen, der länger als ein paar Tage in Keller geblieben war. Ich dachte darüber nach. Aber mein Selbstbewußtsein war noch nicht stark genug, Keller als den richtigen Weg anzusehen und den Lebensstil der Leute in der Welt dort draußen in Frage zu stellen.

Damit meine ich nicht, daß ich schwere Mängel in ihrem System oder Fehler bei den Bewohnern entdeckt hätte. Ich liebte und achtete sie zu sehr, als daß ich auf solche Gedanken gekommen wäre. In unserer unvollkommenen Welt kommt das Gemeinwesen, das sie hier gegründet hatten, gewiß dem am nächsten, was man unter einer gesunden, vernünftigen Lebensweise versteht, die pazifistisch ist und mit einem Minimum an Reglementierung auskommt. Das Experiment von Keller muß uns beschämen, wenn man bedenkt, daß uns noch nichts Besseres eingefallen ist, als unsere Gemeinschaften durch die beiden Anachronismen Krieg und Politik zu definieren. Natürlich kann ich auch Krieg als eine mögliche Grundlage des Zusammenlebens sehen, wenn ich dem Gegner meinen Willen aufzwingen will. Der so geschaffene ›Feind‹ wird sich dann entweder unterwerfen, das Zeitliche segnen oder mir den Schädel einschlagen. Wenn das eine brauchbare Lösung sein soll, dann können mir Lösungen gestohlen bleiben. Mit der Politik ist es nicht viel besser. Das einzig Positive an ihr im Vergleich zum Krieg ist, daß man mit Worten, nicht mit Fäusten kämpft.

Keller war ein einheitlich gegliedertes Ganzes. Man hatte hier ein neues Kommunikationssystem entwickelt, und es schien damit zu klappen. Ich will aber gewiß nicht damit Reklame machen und so tun, als ob so alle Probleme, die es auf Erden gibt, gelöst werden könnten. Wahrscheinlich bewährt sich dieses System nur bei einer Gruppe mit einem starken gemeinsamen Interesse und einem Handikap, das so selten ist und zugleich ein so starkes Solidaritätsgefühl erzeugt wie das der Taubblindheit. Ich kann mir keine andere Gruppe vorstellen, deren Bedürfnisse so eng miteinander verwoben wären, wie die der Bewohner von Keller.

Die Zellen des Organismus waren gesund. Das Gemeinwesen war ein starkes und blühendes Ganzes. Alle Voraussetzungen zur vollen Entfaltung menschlichen Lebens waren gegeben. Der wunde Punkt war die Fortpflanzung, weil sie nicht ihre Gabe, ihre Sensitivität, weitervererben konnten, denn die Kinder konnten ja normal hören und sehen. Auch die Kinder waren mit der Situation keineswegs zufrieden, etwas gärte in ihnen.

Die Mitteilung war die Stärke des Organismus. Man kommt nicht drumherum, darüber zu sprechen. Ohne die komplizierten Mechanismen der Kommunikation, die auch die verborgensten Gedanken in die Öffentlichkeit bringen, wäre auch Keller von Kleinmut, Eifersucht, Besitzgier und einem Dutzend anderer ›angeborener‹ Mängel zersetzt worden.

Die Zusammenkünfte am Abend waren die Lebensquelle des Organismus. In der Zeit zwischen Abendessen und Einschlafen sprachen alle eine Sprache, die keine Verstellung zuließ. Wenn einer der Freunde etwas ausbrütete, dann war es allen gegenwärtig und wurde gemeinsam gelöst. Ob es sich nun um Eifersucht, Verstimmung oder um ein Unrecht handelte, das einem widerfahren war und einen ärgerte — beim MITEINANDER wurde die Wahrheit ans Licht gebracht. Wenn man einen Kummer hatte, scharten sich nach kurzer Zeit alle um einen. Man wurde mit Gunstbeweisen überschüttet, bis einem nichts mehr weh tat. Es war ähnlich wie beim menschlichen Organismus, wo sich die weißen Blutkörperchen um eine kranke Zelle herum ansammeln, um sie zu heilen. Kein Problem schien unlösbar zu sein, wenn man nur früh genug mit seiner Beseitigung anfing. Die Berührungssprache ermöglichte es sogar, daß die Personen in der unmittelbaren Umgebung des ›Kranken‹ die seelischen Notlagen des Betreffenden früher erkannten als er selber. Wenn ihm das Problem zu Bewußtsein kam, waren sie bereits dabei, das Übel aus der Welt zu schaffen und die Wunde zu heilen. Er fühlte sich dann auch gleich besser und konnte wieder darüber lachen. Bei den abendlichen Zusammenkünften wurde deswegen viel gelacht.

Mir widerfuhr das folgende: Ich war überzeugt davon, daß ich in meiner Beziehung zu Rosa ziemlich selbstsüchtig war. Als ich noch ganz neu in Keller war, hatte ich sie schon als meinen Besitz betrachtet. Sie war die Person gewesen, die mir von Anfang an geholfen hatte, die einzige, der ich mich damals mitteilen konnte. Von ihr hatte ich auch das Fingeralphabet gelernt. War mein Anspruch daher begründet? Als sie mit einem anderen Mann Verkehr hatte, während ihr Kopf in meinem Schoß ruhte, fühlte ich diesen Besitzanspruch in mir rumoren. Wie ich später erfuhr, gibt es kein Signal im ganzen Kommunikationssystem, das die Kellerianer schneller registrieren als dieses. Es war beinahe so, als ob eine Alarmglocke Rosa, den Mann, der sie liebte, und die Frauen und Männer um uns herum aufgescheucht hätte. Sie beruhigten mich, überhäuften mich mit Zärtlichkeiten, sagten mir so gut sie konnten, daß es ja nicht schlimm sei und ich mich deswegen nicht zu schämen brauchte. Dann begann der Mann, den ich als Rivalen angesehen hatte, mich zu lieben, wohlgemerkt der Mann, nicht Rosa. Ein Anthropologe auf Entdeckungsreise hätte hier den Stoff für eine ganze Doktorarbeit gefunden. Kennen Sie die Filme über das soziale Verhalten der Schimpansen? Auch bei Hunden gibt es so etwas. Überhaupt hat man bei vielen Säugetieren beobachtet, daß bei Machtkämpfen unter Männchen der Schwächere die Auseinandersetzung im rechten Augenblick entschärft, indem er die Demutshaltung annimmt und sich unterwirft. Ich hatte mich noch nie so entwaffnet gefühlt wie in diesem Augenblick, als der fremde Mann auf den Gegenstand unseres Zwistes, nämlich Rosa, verzichtete und mir seine Aufmerksamkeit zuwendete. Ich fühlte mich aber auch so befreit, daß ich laut herauslachen mußte und bald lachten alle mit. Danach habe ich keinen Besitzanspruch mehr geltend gemacht.

So wurden übrigens in Keller die meisten ›allgemein menschlichen‹ Probleme gelöst. Man hatte sich dazu das Prinzip der östlichen Selbstverteidigungskunst angeeignet: Man unterwirft sich, rollt sich geschickt hinweg, so daß der Angreifer mit der ganzen Wucht der Aggression hinstürzt. Das geht dann so lange weiter, bis der Angreifer eingesehen hat, daß der ursprüngliche Stoß den Aufwand nicht gelohnt hat und die Attacke ziemlich dumm war, weil niemand einen Angriff auf ihn geplant hatte. Dann wird aus einem Tarzan, der mit seiner Kraft protzt, ein Charlie Chaplin, der über seine eigenen Schwächen lacht.

Es ging also nicht mehr nur um den Konflikt, in den mich die schöne Rosa gebracht hatte, und um die Erkenntnis, daß ich sie wohl niemals als meinen Besitz ansehen könnte, den ich nach Art der Primitiven mit einer Knochenkeule verteidigen würde. Mit der Haltung, die ich als ›zivilisierter‹ Mensch hatte, wäre ich Rosa bald wie ein Wilder aus dem Urwald vorgekommen. Nein, der Konflikt lag tiefer.

Um aber noch einmal auf die Leute zurückzukommen, die Keller besucht hatten und wieder weggegangen waren. Hatten sie etwas bemerkt, das mir entgangen war?

Etwas war mir klar, daß ich nämlich auf keinen Fall ein Teil des Organismus war, wie erstrebenswert dies auch sein mochte. Ich hatte auch keine Chance, es jemals zu werden, was mir Rosa schon in der ersten Woche sagte. Bis zu einem gewissen Grad traf es ja auch auf sie zu. Sie konnte nicht + + +en. Aber wenigstens trieb sie das nicht aus Keller fort. Sie hatte mir dies oft genug in Kurzzeichensprache gesagt und durch Körpersprache bestätigt. Wenn ich wegginge, würde sie also nicht mit mir kommen.

Ich fühlte mich ziemlich elend, als ich versuchte, all dies

aus der Distanz zu betrachten. Was wollte ich denn wirklich? War es mein Lebensziel, Mitglied einer Kommune von Taubblinden zu werden? Ich war zu der Zeit so niedergeschlagen, daß ich es als erniedrigend empfand, hier zu sein. Und doch wußte ich, daß Keller kein Abstieg war, ganz im Gegenteil. Ich war aber der Ansicht, daß ich draußen sein sollte, in der Welt, die für mich real war, wo ›wirkliche‹ Menschen lebten, nicht diese wunderlichen Krüppel.

Wie ungerecht und dumm diese Urteile waren, sah ich dann aber bald selbst ein und unterdrückte sie rasch wieder. Ich mußte ja wirklich verrückt gewesen sein; die Leute hier waren wahrscheinlich die einzigen Freunde, die ich jemals gehabt hatte. Daß ich aber so verwirrt war, um auf solche Gedanken überhaupt erst einmal zu kommen, beunruhigte mich mehr als alles andere. Möglich, daß gerade das die Entscheidung herbeiführte. Ich sah eine Zukunft vor mir, voller Desillusionen und unerfüllter Hoffnungen. Mir war klar, daß ich mich hier immer abseits fühlen würde, es sei denn, ich würde aufhören zu sehen und zu hören. Aber dann wäre ich ja taubblind, eine Mißgeburt. Und das wollte ich auch nicht.

Schon bevor ich mich entschlossen hatte zu gehen, hatten sie davon gewußt. Die letzten paar Tage in Keller waren ein langausgedehnter Abschied, mit einem liebevollen Abschiedsgruß in jeder Berührung. Ich war nicht eigentlich traurig. Sie übrigens auch nicht. Ihr Abschiednehmen war anmutig wie alles, was sie taten. Es war gerade die richtige Mischung aus Wehmut, dem Gefühl, daß das Leben weitergehen mußte, und dem Wunsch, mich wieder bei sich zu haben und berühren zu können.

Der Abgrund, der sich hinter der Einfühlungssprache auftat, hatte mich an den Rand der Verzweiflung getrieben. Rosa hatte mich über meine Resignation hinweggetröstet und mir gesagt, daß ich auch die Einfühlungssprache in ein, zwei Jahren meistern könnte. Aber ich war nicht überzeugt davon.

Ich war nun fest entschlossen, wieder auf die Lebensbahn zurückzukehren, die ich vor so langer Zeit verlassen hatte. Ich hatte Angst, die Sache noch einmal zu überprüfen. Es war seltsam, aber vielleicht hatte mich die Entscheidung schon so viel Mühe gekostet, daß ich das nicht noch einmal durchmachen wollte.

Nachts machte ich mich leise davon in Richtung Autobahn und Kalifornien. Sie waren wieder draußen beim + + +en. Ihre Fingerspitzen waren weiter auseinander denn je. Die Kinder und Hunde saßen drumherum wie Bettler, die bei einem Bankett, gierig und verwirrt zugleich, auf einen Happen warten.

Die Erfahrungen, die ich in Keller sammeln konnte, hatten mich geprägt. Ich konnte nicht mehr so weiterleben wie früher. Ich dachte, daß es mit mir zu Ende gehen würde. Aber ich hatte mich schon daran gewöhnt, mit dem Gedanken an Selbstmord zu leben. Ich würde warten können. Das Leben hatte eine erfreuliche Erfahrung mit sich gebracht, vielleicht würde noch eine zweite auf mich warten.

Ich wurde also Schriftsteller. Ich konnte mich nun besser mitteilen als zuvor, vielleicht war diese Gabe erst jetzt, durch meine Erfahrungen mit den Taubblinden, dazugekommen. Jedenfalls kam beim Schreiben etwas zustande, das ich auch verkaufen konnte. Ich schrieb, was mir paßte, und brauchte keine Angst zu haben, hungern zu müssen. Ich war ziemlich gelassen.

Ich überstand die Wirtschaftskrise von 1997, in der die Arbeitslosigkeit bei 20 Prozent lag. Die Regierung betrachtete sie als eine vorübergehende Rezession, und wirklich ging es auch dann mit der Wirtschaft wieder aufwärts. Die Arbeitslosenquote blieb nach dieser Krise etwas höher als nach den letzten beiden. Das hieß, daß eine weitere Million Leute arbeitslos wurde und dazu verurteilt war, durch die Straßen zu streichen, nach Schlägereien, Autounfällen, Leuten, die auf der Straße einem Schlaganfall zum Opfer fielen, Morden, Schießereien, Brandstiftung, Bombenlegen und Tumulten Ausschau zu halten. Eben das abwechslungsreiche Straßentheater, bei dem das Stück nie zu Ende geht.

Ich wurde zwar nicht reich, aber ich lebte ohne Sorgen.

Gleichgültigkeit ist eine Krankheit unserer Gesellschaft, und wir bringen es fertig, Scheuklappen aufzusetzen, wenn in unserer Welt Eitergeschwüre aufbrechen und ihre lebenswichtigsten Organe langsam durch die Radioaktivität zersetzt werden: Das ist das Symptom dieses Leidens. Ich hatte eine hübsche Wohnung im Marin-Bezirk, weit weg von den

Hochöfen des Industriegebiets. Ich besaß einen Wagen zu einer Zeit, als sie begannen, Luxusartikel zu werden.

Ich hatte mich damit abgefunden, daß mein Leben nicht alle Erwartungen erfüllte. Wenn man zu hohe Ansprüche stellt, wird man früher oder später enttäuscht, dachte ich, wir schließen alle einen Kompromiß. Ich resignierte zur Mittelmäßigkeit und sah keine Möglichkeit, wie ich es hätte anders machen sollen. Ich dachte, daß diese Mischung aus Zynismus und Optimismus, mit der ich schrieb, für mich ideal wäre, jedenfalls hielt mich die Schriftstellerei in Schwung.

Ich reiste sogar nach Japan, wie ich es schon vor Keller vorgehabt hatte.

Eine Lebensgefährtin fand ich nicht. Rosa wäre die einzige gewesen, die dafür in Frage gekommen wäre. Nur mit Rosa und ihrer Taubblindenfamilie hätte ich mir ein Zusammenleben vorstellen können. Uns trennte aber eine tiefe Kluft, und ich wagte nicht, hinüberzuspringen. Ich vermied es ja sogar, zu oft an sie zu denken, aus Angst, mein seelisches Gleichgewicht zu verlieren. Ich hatte mich mit meiner Einsamkeit abgefunden.

Die Jahre überdeckten, was gewesen war, wie Raupenfahrzeuge die Verbrechen von Dachau zudeckten. Dann war mit einemmal der vorletzte Tag des Jahrhunderts gekommen.

San Francisco wollte den Beginn des Jahres 2000 ganz groß feiern. Wer kümmerte sich schon darum, daß die Stadt langsam zerfiel, daß die Zivilisation in Hysterie ausartete. Feiern wir eine Party! Am Silvesterabend des Jahres 1999 stand ich auf dem Golden-Gate-Wehr. Die Sonne ging im Pazifik unter, über Japan, das meiner Ansicht nach keine großen Unterschiede zu Amerika aufwies, es sei denn den, daß seiner Architektur das Quadrat und der Kubus zugrunde lag und daß es Neo-Samurai gab. Hinter mir brannten die ersten ›Feuerwerkskörper‹ einer Brandkatastrophe ab, die so klug vorausberechnet war, daß sie wie ein Teil der Festlichkeit aussah. Das Feuer wetteiferte mit den Flammen, die aus brennenden Gebäuden schlugen — die sozial und wirtschaftlich Unterdrückten feierten den Tag auf ihre Weise! Die Stadt ächzte unter der Last des Elends, ihr Untergang stand bevor. Sie würde über kurz oder lang in der Andreasspalte verschwinden, die sich unterirdisch längs des Kontinents hinzog. Irgendwo in meiner Vorstellung blitzten Atombomben auf, die irgendwo bereitgehalten wurden und jederzeit losgehen konnten, wenn die anderen Möglichkeiten der Kriegführung erschöpft wären.

Ich dachte wieder an Rosa.

Zur Besinnung kam ich erst wieder, als ich schon durch die Wüste von Nevada reiste. Ich schwitzte, hielt aber das Lenkrad fest umklammert. Dann schrie ich auf — so, wie ich es in Keller gelernt hatte —, nur der Mund bewegte sich, kein Ton kam über meine Lippen.

»Ob ich wohl zurückkehren kann?« überlegte ich.

Mein Wagen, der nur in der Stadt gefahren worden war, raste über die Schlaglöcher im Feldweg. Er war am Auseinanderfallen, denn er war nicht für diese Art von Fahrten gebaut. Im Osten begann der Morgen eines neuen Jahrhunderts heraufzudämmern. Ich trat noch brutaler aufs Gas, so daß der Wagen mit einem Ruck vorwärts schoß. Aber mir war das gleich. Ich würde ja nicht mehr zurückfahren. Niemals. Ich war fest dazu entschlossen, hier draußen zu bleiben.

Ich kam zur Mauer, die Keller umgab, und schluchzte vor Erleichterung. Die letzten hundert Meilen waren die Hölle gewesen. Die ganze Zeit über hatte ich mir überlegt, ob dies wohl ein Alptraum sei. Ich berührte die Wand. Sie war kalt und ganz real. Ich beruhigte mich wieder. Über allem lag eine dünne Schneeschicht. Im frühen Morgenlicht sah sie grau aus.

Schon aus der Ferne sah ich sie. Alle waren sie dort, wo ich sie bei meinem Weggang gelassen hatte. Nein, ich hatte mich doch getäuscht. Es waren ja nur die Kinder. Warum hatte es zuerst so ausgesehen, als ob es so viele wären?

Rosa war auch dort. Ich hatte sie sofort erkannt, obwohl ich sie noch nie in Winterkleidern gesehen hatte. Sie war nun größer. Voll aufgeblüht. Sie mußte jetzt neunzehn sein. Ein kleines Kind spielte vor ihr im Schnee, in den Armen wiegte sie ein Baby. Ich ging zu ihr hin und übertrug ihr etwas in die Hand hinein.

Sie wendete mir ihr Gesicht zu, in dem sich Wiedersehensfreude spiegelte. Noch nie hatte ich einen solch starren Blick bei jemandem gesehen. Mit den Händen tastete sie mich hastig ab, ohne daß ihre Augen den Ausdruck verändert hätten.

»Ich berühre dich, ich heiße dich willkommen«, teilten mir

ihre Hände mit. »Ich wünschte, du wärest schon ein paar Minuten früher hier gewesen. Mein Schatz, warum bist du weggegangen und so lange fortgeblieben?« Ihre Augen sahen aus, als ob sie aus Stein wären. Sie war taubblind. Alle Kinder waren nun taubblind. Das stimmte nicht ganz, denn Rosas Kind, das mir zu Füßen saß, schaute zu mir herauf und lächelte.

»Wo sind die anderen?« fragte ich, als ich mich wieder gefaßt hatte. »Narbe? Kahlkopf? Grünauge? Was ist denn passiert? Was hat man denn mit dir gemacht?« Ich wäre beinahe zusammengebrochen. Meine ›Wirklichkeit‹ war in Gefahr, sich in nichts aufzulösen.

»Sie sind weggegangen«, teilte sie mir mit. Ich verstand das Wort nicht, das die Erklärung bringen sollte. Aber ich hatte begriffen, daß Marie Celeste und Roanoke, Virginia dabei eine Rolle spielten. So wie sie das Wort ›weggegangen‹ gebrauchte, war es sehr vieldeutig. Es wirkte auf mich wie etwas, das sie mir früher gesagt hate, und war genauso unfaßbar wie die Nachricht, die mich aus Keller weggetrieben hatte. Sie identifizierte sich zwar noch nicht vollständig mit ihrer Mitteilung, aber man merkte, daß sie die Situation wenigstens im Griff hatte. Sie war nicht traurig, als sie mir vom Weggehen der anderen berichtete.

»Weggegangen?«

»Ja. Ich weiß nicht, wohin. Sie sind glücklich. Sie haben ge+ + +. Es war großartig, obwohl wir nur einen Teil davon verstehen konnten.«

Ich sah ein Bild vor mir: der letzte Zug, der aus einer Bahnstation wegfährt. Mein Herz pocht im Takt zum Rattern des Zugs. Meine Füße trommeln gegen die Bahnschwellen, als er im Nebel verschwindet. Bis jetzt habe ich noch kein Märchen kennengelernt, in dem die Rückkehr ins Zauberreich möglich ist. Meistens enden sie doch so, daß der Held aufwacht und merkt, daß er seine Chance verpaßt hat. Und ich Narr habe sie mir einfach verscherzt! Die Lehre aus solchen Geschichten ist, daß sich einem nur einmal eine günstige Gelegenheit bietet.

Mit ihren Händen strich mir Rosa übers Gesicht und signalisierte Lachen.

»Nimm diesen Teil-von-mir-der-Mund-zu-Brust-spricht«, sagte sie und gab mir ihre kleine Tochter, die sie auf dem Arm gehalten hatte. »Ich möchte dir ein Geschenk machen.«

Mit ihren kalten Fingern berührte sie ganz sanft meine Ohren. Das Geräusch des Windes war plötzlich verschwunden, und ich würde es nie wieder hören. Ich war taub. Sie strich mir über meine geschlossenen Augen, und das Licht war weggezaubert. Ich konnte nie wieder sehen.

Wir leben nun glücklich in einem Land der Dunkelheit und des Schweigens.

Aus dem Amerikanischen übersetzt von
Rose Aichele